ナカスイ！

海なし県の水産高校

村崎なぎこ
Murasaki Nagiko

祥伝社

ナカスイ！

海なし県の水産高校

もくじ

Youth is not a time of life; it is a state of mind;
it is not a matter of rosy cheeks, red lips and supple knees;
it is a matter of the will, a quality of the imagination, a vigor of the emotions;
it is the freshness of the deep springs of life.

Samuel Ullman, YOUTH

青春とは人生のある時期ではなく、キミの心が決めるものだ
若々しい頬、赤い唇、柔軟な肉体のことではない
強い意志、優れた創造力、あふれ出る感情、これが青春だ
青春とは人生の深く清らかな泉なのだ

サムエル・ウルマン『青春』の一節より

装画　alma
装幀　bookwall

第一章　四月はザリガニグラタンコロッケバーガーで

校庭に駐《と》めた車から降りると、風に乗った桜の花びらが頬《ほお》をくすぐるように通り過ぎていった。

山が近いからか、四月なのに風が冷たい。思わず両手で頬を覆う。でも予想最高気温が十八度らしいから、入学式が終わるころには「春爛漫《らんまん》」を感じられるんだろう。

そう、満開の桜が彩《いろど》る校門をくぐった私を待つのは、希望に満ちた世界——。

「これより先は、闇《やみ》ぞ」

私の心境とは真逆の言葉が、盛り上がった気持ちを見事に潰《つぶ》した。

腹が立って声の方向に目を向けると、隣に駐めた外車から降りたオバさんだった。新入生らしき息子と並んで、こちらに背を向けて校庭の向こうを見ている。

こんなに空が青いのに、何を言うんだ。

にらみつける私に気づかない様子で、背の高い親子は目の前の風景に見入っていた。空なのか、山なのか。丘の上にある校庭からは、そのどちらかしか見えない。

「……って、ヤマトタケルが言ったのが語源らしいわよ。あの『やみぞ』って」

「へぇ」

百八十センチくらい身長がありそうな男子は、大きく伸びをしながら気のない返事をする。私の方は、こんなに気にしてしまっているのに。

その「やみぞ」の正体は、式の最中に録音で流れた校歌でわかった。

〽　ああ　八溝《やみぞ》の山々は遥《はる》かに　見よ　夕陽《ゆうひ》が丘《おか》の上を
　白き学び舎《や》は　鮎《あゆ》が泳ぎたる清流を見下ろす
　　その名は那珂川《なかがわ》水産高校

そういえばあの親子が見つめる先は、緑の山々が塀のように連《つら》なっていた。あれか。

この栃木県立那珂川水産高等学校——ナカスイ——で五十期生となる私の入学式は、二〇二二年四月七日木曜日に行われた。年季を感じさせる体育館には、新入生五十八人とその保護者がパラパラと座っている。コロナ禍《か》なので、在校生は教室でオンライン参加らしい。

「入学おめでとうございます。八溝山地を望むわが校は全国で唯一、海なし県にある水産科高校です。しかし海はなくとも、川があります。ここ、栃木県那須《なす》郡那珂川町《まち》を貫《つらぬ》く、那珂川が。その流域は天然鮎の遡上《そじょう》が日本一を誇り……」

校長先生の式辞は、右から左に通過するだけだった。なぜなら私は、周りを囲む男子の群れに恐れをなしていたから。

いない。紺のボレロにワンピース、赤いリボンという可愛《かわい》い制服を着ている女子が。紺のブレザーとズボン、白シャツに緑のネクタイの男子ばっかり。

ううん、女子はいるはず。さっき渡された名簿で見たもの。一学年三クラスのうち一組と三組は完全に男子クラスだけど、私のクラス……二組には、女子が私のほかに二人いる。確か名前は大和《やまと》かさね、芳村《よしむら》小百合《さゆり》。見回していたら、保護者席にいるママと目が合った。

――キョロキョロしてんじゃない！

マスクの上の目が、そう私に怒鳴《どな》りつけているようだ。慌《あわ》てて前を向く。そうだ、式のあとは、クラスに戻って自己紹介タイムだと先生が言っていた。今、不安になる必要はない。大きく深呼吸して心を落ち着かせた。


「若鮎さんたち、ナカスイにようこそ！　あらためまして挨拶《あいさつ》します。私がみなさんの担任、神《じん》宮寺《ぐうじ》歩美《あゆみ》です」

自己紹介のトップバッターは、担任の先生だった。生徒から歓声が飛ぶ。

マスクをしていても、美しさがわかる。切れ長の目、腰まで届く長い髪はサラサラと音を立てて、細い体は柳の葉みたい。オフホワイトのスーツが、よく似合っている。生徒たちの視線なんて慣れっこなんだろう、先生はサクサクと続けた。

「では、みなさんの自己紹介を始めましょう。指名されたら前に出てきてください。昨今のご時世なので、マスクはそのまま。私がプロジェクターにみなさんの素顔写真を映します。事前に、みなさんに送ってもらったものですね。持ち時間の一分以内で好きなようにPRしてください。まず私がお手本を見せますね」

スクリーンにプロジェクターの映し出す、清楚《せいそ》な美人がアップになった。二十代後半に見えるけど、アイドルグループのセンターにいても違和感がない。その写真の脇に立ち、先生は涼《すず》やかな声を張り上げた。

「私の担当は漁場環境です。ナカスイは、生徒の進級とともに教師も学年を上がっていきますので、もしかすると卒業までずっと私が担任という生徒もいるかもしれません」

歓声と口笛がクラス中に響き渡る。一クラス四十人近くいた中学時代と違い、十九人しかいないから、音がとても通る気がした。

「好きな魚は鮎。頭の中で鮎を養殖してると言われるほどです。那珂川町でいちばん好きな場所は『若鮎大橋《わかあゆおおはし》』、同じく交差点は『若鮎大橋西』。名前の漢字は鮎美の間違いじゃないかとよく言われますが、残念ながら、歩くの歩美です。どうぞよろしく」

あゆみちゃーん、と歓声が飛ぶ。教室がアイドルのライブ会場のようだ。先生は手を振って応《こた》え、窓際の空席に設置したパソコンに戻った。

「では、みなさんの番です。五十音順ではなく、私がランダムに指名しますね。そうね、まずは……この方」

スクリーンに、なんの変哲もない普通の顔が映った。ストレートのボブ。特徴はそれくらいしかない……私！　いきなり。でも最前列中央に座っていたので、すぐにスクリーンの脇に行けた。深呼吸して息と心を落ち着かせてから、クラスメートを見回す。見事に男子ばかりだ。マスクで目元しか見えないけれど、私のタイプはいなかった。きっと彼らも同じように思ってるんだろうし、気楽に挨拶しよう。

「私は鈴木《すずき》さくら、宇都宮《うつのみや》市立緑野《みどりの》中学校出身です。よろしくお願いします」

ペコリと頭を下げ、さっさと席に戻ろうとした。

「鈴木さん、もうちょっと続けてみましょうか。なぜ、県庁所在地の宇都宮市から、県の最北東にあるこの高校に来ようと思ったのかしら。しかも、通学ではなくわざわざ下宿を選んで」

優しいながらも鋭《するど》い先生の言葉が、私をこの場にピン留めのように挿《さ》す。思わず、本音その一を言ってしまった。

「今の自分から抜け出したいからです。平均体重で生まれて今も平均身長、平均体重。しかも成績すら県の平均点と同じ。中三の担任の先生は『平均を知りたければ鈴木を見ろ』とクラスのみんなに言ったくらいです。もう普通の人生はイヤだなって。ナカスイって変わった学校なので、ここに来たら人生開けるかなと。魚が好きだからってわけじゃないです。それと、下宿はドラマチックかなと思って選びました」

以上！　本音その二は秘密だ。

「なるほど、自分で運命を切り拓《ひら》く道を選んだのね。それもよし。三年間、自分探しを頑張ってください。じゃあ、次は進藤《しんどう》さん」

ざわめきの中、私は席に戻った。席につく寸前、「ふざけんなよ」と男子の声が飛んできた。

右隣だ。なに、私に言ってる?

みんなの意識は、進藤君に移っていた。

身長が高い。百八十センチくらいあるんじゃなかろうか。自信に満ちた様子で背筋を伸ばし、彼はハキハキと言葉を発した。

「進藤栄一《えいいち》です。宇都宮の私立英新《えいしん》中学から来ました」

宇都宮! 心臓が跳《は》ねる。まさか、私以外に宇都宮市民がいるなんて。ヤバい、ヤバい、ヤバい……。

「もしかして、中学模試県内一位常連の進藤栄一?」

誰かの驚きの声がクラス内に響く。どよめきが広がった。

スクリーンにはチャラさと知性の輝きが同居している顔がアップになっている。思い出した、さっきの式で新入生代表の挨拶をしていた。気もそぞろで、ロクに見ていなかったから今まで気づかなかった。そして、記憶が結びついた。「これより先は、闇ぞ」のセレブオバさんの息子だ。

「なんでそんな奴が、ナカスイに来るんだよ!」

素《す》っ頓狂《とんきょう》な声。さっき、私に「ふざけんなよ」って言った声だ。発声元——右隣を向くと、身長も顔つきも、小学校高学年のような男子がいた。驚きか怒りか、目が真ん丸だ。その視線をとらえた進藤君の目が笑った。

「純粋に、魚が好きだからです。将来は、水産庁に就職して各国と漁業交渉をしたいと思っています。国語や数学、英語なんかの普通教科はいくらでも自習できますけど、水産実習は無理じゃないですか。だからナカスイに来ました」

ここまでハイレベルだと、イヤミは感じない。むしろ、清々《すがすが》しかった。

優雅なしぐさで、先生は拍手をした。

「未来の水産官僚ね。ぜひ、私と水産談議をしてほしいわ。期待しています。じゃあ、次は芳村小百合さん」

貴重な女子！　でも返事がない。スクリーンにはショートヘアの大人しそうな子が映っている。

ざわめきながら生徒たちが教室を見回し、該当の生徒を探した。

「はい……」

消え入りそうな声で返事をした彼女は、最後列の廊下側にいた。やっぱり私のほかにも女子がいたんだ！　存在感が薄くて気づかなかった。わんぱく男子と同じくらいの身長の小百合ちゃんは、おどおどしながらスクリーンの脇に歩いていく。

先生は彼女の隣に移動し、その背中にやさしく手を当てた。

「芳村さんは、どこから来たのかしら？」

「東京です……」

進藤君の時とは違った意味で、動揺の声がクラス中に響いた。場を鎮《しず》めるように、神宮寺先生の涼やかな声が響く。

「芳村さんのように、県外から入学した生徒は、今年三人います。東京、埼玉、茨城。みなさんの異文化交流が活発に行われることを、先生も期待していますからね。はい、戻っていいわよ」

え？　それで終わり？　なんで私のように語らせないの？　出身校だのなんだのかんだの。

そそくさと小百合ちゃんは席に戻った。いわゆる陰《いん》キャの子だろうか。私とは合わない気がする。

「じゃあ、次は君ですね」

「笑顔の悪ガキ」が大写しになり、両手でピースサインを作っている。私の隣の小学校高学年男子だ。そいつはもの凄《すご》い勢いでスクリーンの脇に走っていくと、拳《こぶし》を突き上げた。

「お待たせー。まずは俺の名前から！」

私の周りから笑い声と共に、「むしろ忘れてぇよ」「ここで知らねえヤツは、いねえだろ」「もう戻っていいぞ」とヤジが飛んでくる。

「渡辺《わたなべ》丈《じよう》でーす。那珂川第二中学出身。生まれた翌日には那珂川で泳いで、二日後には魚を捕《つか》まえたと母ちゃんが言ってた。いやー、ナカスイに入れると思わなかったよ。入試、自分の名前しか合ってなかったようなもんだし。三年間、頑張ります！　川遊び。以上」

爆笑と拍手に包まれて渡辺君は席に戻る。そして、私に聞こえるように言った。

「だから、ムカつくんだよ。魚に興味ないけど、普通じゃない人生が送りたいからここに来ました、なんてヤツが」

さすがにカチンときて、言い返したくなった。そんなの人それぞれじゃないの、と。

「じゃあ、次は大和かさねさん――」

教室が、また笑いに包まれる。

満面の笑《え》みをしたギャルのバストアップ写真だ。ここで使われる写真は生徒が自分で選んだものだ。私は中学時代の生徒手帳の写真を送信したけど、これはスマホで撮影して、かなり加工が入っているはず。明るい髪はツインテール、猫耳までついている。逆さVサインを少し下へ突き出しているのは、いわゆる「ギャルピース」ってやつだ。

これは――この子は、私とは異世界の住人だ。二人の関係は水と油だと確信できる。ということは、私はこの学年の女子全員と友だちになれない。光に満ちた私の初日に、闇が広がり始めた。

「――は、残念ながら体調不良ということで、本日はお休みです。明日は来られるらしいので、ゆっくり自己紹介してもらいましょう。次、島崎《しまざき》さん」

ボサッとした髪に黒メガネの男子が映し出される。今は先生が座っている大和かさねの席の隣から、慌てて走ってきて前に立った。

「どうも、島崎守《まもる》です。今年の遠距離通学一位はたぶん僕だと思います。さいたま市から新幹線通学なんで」

今までで最大級のどよめきが起こった。

「自宅から大宮《おおみや》駅までチャリで十分、大宮から宇都宮まで新幹線で三十分、普通電車に乗り換えて氏家《うじいえ》駅まで十七分、そこからバスで五十分。でもスマホいじってるんで、片道二時間も苦じゃないです」

「そんなに時間をかけてまで、どうしてナカスイに来たいと思ったのかしら？」

先生の方をちらりと見て、島崎君は頭をぼりぼりと掻《か》いた。

「エモいからです」

「どういう意味ですか、それは」

「イマドキの言葉ですよ。心に響くとか、掻き立てられるとか。いわゆるエモーショナル、先生が鮎を想うときの感情じゃないですかね」

「それは『萌《も》え』でしょう」

「じゃあ、これはどうですか。想像してください。先生は水の中にいて、周りを鮎の大群が心地よさそうに泳いでいる。太陽の光が水の中で揺らめいて……その時の感情です」

「わかる、わかるわ。これが『エモい』ね。いとあはれ、的な……」

わかるんだ！　恋する乙女《おとめ》のように両頬に手を当てる先生を見て頷《うなず》くと、島崎君は生徒たちを見回した。

「海がないのに水産科高校がある。それだけでエモいのに、全国唯一じゃないですか、海なし県の水産科高校って。僕、将来の夢は自然系ユーチューバーなんです。ここに来れば、感性というかエモさが磨《みが》かれるかなと思って、入学しました」

教室は拍手に包まれ、私は……世界が闇に侵食されていくのを感じた。

なんでこんな——キャラの立った生徒ばかり。こんな平凡な私なんて、ナカスイじゃ目立つどころか水没するだけなんじゃなかろうか。

別室で保護者説明を受けていたママと昇降口で待ち合わせ、そのまま車に乗せてもらった。運転しながら、かすれた声で言う。

「下宿先にご挨拶したらママは帰るからね。消耗したよぉ。宇都宮市内しか運転したことないのに。宇都宮を出て高根沢町《たかねざわまち》、さくら市、那須烏山《なすからすやま》市を通過してここでしょ。隣町はもう茨城県だよ！　運転最長記録だわ。ねぇ、さくら。本当に大丈夫なの？　下宿よ、下宿。ウチみたいにワガママ放題できないんだからね」

大丈夫じゃないかも。とは、さすがに言えなかった。ママは畳《たた》みかけてくる。

「さくらは、ママやパパの反対を押し切って、ナカスイに行って、しかも下宿したいって騒いだんだからね。責任を全《まっと》うしてよ」

慣れないスーツ姿であることも、ママの疲労度を増加させたらしい。下宿には直行せず、町内の蕎麦《そば》屋で大海老《えび》天丼のお昼ご飯を食べた。

「なんで山奥に来てまで海老なのよ」

ママはそう文句を言っていたけど、大好きな海老を食べたら、私の気力と希望は回復した。そうだ、私にはまだ「夢の下宿ライフ」が残っている。一つ屋根の下、同じ下宿生たちと、めくるめく青春ドラマが繰《く》り広げられるはずだ。前にドラマで見た下宿は、おしゃれな二階建て住宅でワンルームマンションみたいな部屋がヒロインに割り当てられていた。

ママは、町内を運転していく。見える光景は山、川、田んぼ、畑、たまにポツンと家、商店。

そして……「民宿　やまと」の看板が見えてきた。

「すっごい、黒板塀《くろいたべい》よ。お代官様の家みたい」

塀に沿って超スロースピードで運転しながら、ママは騒いでいる。やがて入口を見つけ中に入った。

広い庭の隅《すみ》に、申し訳なさそうに駐車する。車を降りながら、ママの声のトーンがさらに上がった。

「うっわー。昔の朝ドラヒロインの実家みたい」

私も、目の前の建物に見入る。二階建ての大きな木造住宅で、温泉旅館のようだ。ママが玄関のガラス戸をなめるように見た。

「ドアベルとかあるのかな。『ごめんなすって』とか言わないと開かないのかも」

「それじゃパパがよく観る仁侠《にんきょう》映画じゃん」

おしゃべりの声が聞こえたのか戸がガラガラと開き、四十二歳のママより少し年下に見えるオジさんが現れた。

「お待ちしてましたよ。鈴木さんですね！　大和です」

四月なのに、白い半袖《はんそで》のTシャツを着てる。その腕は、プロレスラーみたいに筋肉モリモリ。スキンヘッドに黒いマスクをした顔は、パパが好きな映画に出てくる若頭《わかがしら》みたいだ。ママは、ペコリと頭を下げた。

「さくらの母でございます。本日から、お世話になります」

「家のヤツにも挨拶させたいんだけど、嫁《よめ》は今買い物に行ってて、娘は部屋に隔離中なんですよね」

「あら、大和さんもお嬢さんがいらっしゃるんですか」

「ええ。コロナに感染しちまいまして、ご挨拶できないんですよ」

「できるよ！　勝手なこと言うなよ」

廊下に面している襖《ふすま》が開き、ひっつめ髪に黒ぶち眼鏡《めがね》とマスクをした女の子が、顔をのぞかせた。

「オヤジのバカ。入学式だって出られたのに！　昨日で、解熱から三日過ぎたんだから」

「万が一を考えろ！　それに、親に向かってバカとはなんだ！」

「知らない！」

ものすごい音を立てて襖が閉まった。

「すみませんね、礼儀知らずで。あ、下宿は離れの方です」

オジさんは、私とママを隣の平屋に案内した。

「あら、いいですわね！　こちらも古民家」

ママは自分が住みたそうな顔をして、目の前の建物を見つめている。日本昔話に出てくる、おじいさんとおばあさんの家のようだ。

「ええ、築七十年は超してるかな。隠居用に建てた古いのだけが自慢の離れですわ。ははは。水回りはリフォームしてありますよ。問題があってはいけないので、下宿させるのは女子だけです。今年度はお宅のお嬢さんと、東京から来た女の子だけですね」

あの子だ。自己紹介をほとんどしなかった——芳村小百合ちゃんだっけ。

オジさんがガラスの引き戸を開けると、先にママが玄関に入りこんだ。もあっとしたホコリくさい空気が私たちを包む。どことなく良い香りも交じっているのは、お香を焚《た》いたんだろうか。

元々なのか年月を経《へ》たからなのか黄土色をしている襖が目の前に並び、板張りの廊下が襖の前から左奥へと続いていた。

「素敵！　床が黒光りしてる。雑巾《ぞうきん》がけしたい」

「もう、帰ってよ。ママ」

目を見開いてキョロキョロ見回す姿は、オバさんばかりの観光ツアーのようだ。恥ずかしくなって、ママの背中を叩《たた》いた。

「さくら、いいわねぇ！　ここで毎日ご飯を食べられるのよ！」

「はい、下宿代をたっぷり頂戴いたしますからね。朝晩の食事に、お弁当。毎日キッチリ用意いたしますよ」

「やっぱり私が住みたい。ウェブライターなんて、どこだって仕事できるもの。パパ置いて移住しよう」

「帰ってー！」

私は玄関の方を指さした。

オジさんによると、この離れの間取りは八畳の部屋が四つある「田の字型」だそうだ。実家のリビングくらい広い玄関を上がると、目の前に部屋が二つ（茶の間、広間）、その奥にも二つ（床の間つきの座敷、納戸《なんど》）。廊下というか縁側が、茶の間と座敷の隣に延びている。「迪《みち》」という漢字の形みたいな建物だ。その「しんにょう」の部分にあたる廊下を進んでいくと、お風呂とトイレがある。絶対、夜中は怖いに違いない。

台所も不思議で、なんと玄関に隣接している。昭和な曇りガラス戸の向こうにある長方形のスペースがそうだ。オジさんによると、昔は土間兼台所だったので、その名残《なごり》なんだそうだ。だけど普通にガス台や調理台、小さなダイニングテーブルや椅子《いす》も置いてあって、食堂の厨房《ちゅうぼう》のような独特の雰囲気を醸《かも》し出している。

奥にある床の間つきの座敷が、私に割り当てられた。小百合ちゃんは、手前右側の茶の間らしい。納戸はその名のとおり物があふれてるから使えないけど、広間は共有のコミュニケーションスペースだと言われた。語りあわせるため、あえてテレビは置かないそうだ。

私の部屋は床の間があるからか、八畳よりもかなり広く感じる。そんな部屋で一人、先に宅配便で送っておいた荷物をほどく。ふと、背中側から誰かが見つめているような気分になった。おそるおそる振り返っても、掛け軸があるだけだ。美術に興味がないから、月に鳥が飛んでるとしか感じない絵だ。畳も、なんかヘンな感じ。我が家に和室がないから、畳にもなじみがない。オジさんに「これ使って」と言われた箪笥《たんす》は、当たり前だけどクローゼットじゃなくて和箪笥。服をしまおうと開けるたびにどこかが引っかかり、がたがた言う。もう少し気温が高くなったらテレビでしか見たことがないコタツは、各部屋とも座卓に替えるという話だ。部屋の隅にたたんである布団《ふとん》を敷くときには、コタツを片付けなければならない。ちょっと面倒だ。襖も、とても古そう。行燈《あんどん》の明かりに照らされて、幽霊が映るんじゃなかろうか。さすがに行燈ではなくて電灯だけど。

夕飯はオジさんが離れに持ってきてくれると言っていたけど、お昼に食べた大海老天丼がまだ胃に残っている感じがして遠慮した。

夜になっても、寝付けない。

ベッドじゃないから違和感があるっていうのも理由だけど、なにより静かすぎてダメなのだ。怖い。天井の木目が、だんだんオバケに見えてくる。見たくなくて、頭まで布団をかぶった。それにしても――小百合ちゃんもいるはずなのに、全く気配を感じない。それも別な意味で怖い。

これから三年間、ずっとここで暮らす……？

井戸から化け物が這《は》い上がってくるみたいに、イヤな気持ちが次々に湧《わ》いてくる。ナカスイなら、成績トップ確定のはずだったのに――進藤君がいるんじゃ、無理。絶対無理。数少ない女子同士仲良くなれると思ったのに、あの子たちは私の世界の住人じゃない。そして何より、あの小学生のような渡辺君！　初対面なのに突っかかってくるなんて、失礼極まりない。

――私、人生の選択を失敗しちゃったのかな。ナカスイでやり直そうと思ったのに。

だめだ、寝ろ。とにかく寝るんだ。きっと今日は、高校三年分のイヤなことが起きたんだ。つまりは、明日からいいことばかり。闇は晴れ、今こそ桜色に包まれ――。

枕元に置いたスマホのアラームで目が覚めた。投げたくなる衝動を抑《おさ》えてスマホの時刻を見ると、六時五十八分と表示されている。

なんで、アラームが。いつもママが起こしに来るのに。

「ママ！」

布団に入ったまま叫ぶと返事がない。慌てて飛び起きて、周囲を見回した。知らない場所だ。なんでこんなところにいるんだろう。最初にそう思い、次に下宿生活を始めたことを思い出し、最後に、落ち込んだまま寝落ちしたことがよみがえった。

障子《しょうじ》窓から漏《も》れてくる柔《やわ》らかな光を浴びると、体が浄化される気持ちになる。

そう、闇は去った。希望の光が私を包み、今日という新しい日が始まるんだ。

ようやく前向きな気持ちになったら、お腹が空っぽだと訴えてくる。

広間の襖を開けると、コタツの上に朝ごはんが用意してあった。玉子サンドとサラダのワンプレートだけど、一人分しかない。小百合ちゃんはどうしたんだろう。

不思議に思いながら食べ、食器を洗って母屋《おもや》に返しに行くと、お弁当を私に持たせてくれながらオジさんが笑った。

「小百合ちゃんは、もう登校したよ」

「え！」

「早かったよ。六時には出ていっちゃった」

なんでまた。学校の始業は八時半。ここから学校までは一キロもないのに。首をひねりながら、自宅から宅配便で送っておいた自転車を漕《こ》いだ。考えてみれば、自分の足で学校に行くのは初めて。入試はパパが、入学式はママが車で送ってくれた。だから初めて気づいた。校門前の、すさまじい坂に。

上って行こうと足に力を入れているのに、ペダルが動かない。息が詰《つ》まる。そういえば校歌の一番に「見よ　夕陽が丘の上を　白き学び舎《や》は」ってあったっけ。

ここは丘どころか山だ。もう漕ぐのは無理。息を切らしながら自転車を押し始めた私の脇を、スイスイと上級生らしき生徒たちが抜いていく。毎日のヒルクライムで足腰が鍛《きた》えられたに違いない。三年後、私の脚は平均以上の太さになるかも。ナカスイに来て、普通じゃなくなったのが脚の太さだけなんてイヤだ。

もうダメ倒れると思ったら、満開の桜に彩られた校門が現れた。そしてその先には三階建ての地味な校舎が見える。「白き学び舎」だ、やっと着いたんだ。

固くなった太ももを叩きながら教室に入り、息を切らして机に突っ伏していると、神宮寺先生が朝のＳＨＲ《ショートホームルーム》で入ってきた。クラス内を見渡し、顎《あご》に人差し指を当てる。

「あら、おかしいわねぇ。欠席の連絡は受けてないのに、空席が二つ。えーと、大和かさねさんと、渡辺丈さんか」

確かに、私の右隣のヤツがいない。

「ギリセーフ！」

ものすごい音と共に教室の扉が開き、制服のワンピを超ミニにした、ツインテールのギャルが入ってきた。昨日見たギャル画像のアプリ補正分を差っ引いて考えると、この子が大和かさねだ。

先生の目が、冷たく笑った。

「ギリでもセーフでもありません。まごうことなき遅刻です。『民宿　やまと』からここまで自転車で三分もかからないのに、なんで遅れるのかしら」

「ごめんね先生。ここ一週間ずっと寝てたから、時間の感覚なくなっちゃってさぁ」

思わず、ギャルに見入った。この子が民宿の娘？　昨日見た、あの地味な？

「それに、その格好はなんですか。メイクもアクセサリーも禁止です。スカート丈も短すぎる。膝《ひざ》上五センチまでですよ」

「えー。女にとってメイクは制服で、アクセは武器だし……」

パラリラパラリラという爆音が、かさねちゃんの言葉を遮《さえぎ》った。先生がものすごい勢いで窓を開けると、暴走族バイク――のように飾り付けた自転車に乗った渡辺君が、駐輪場に入ってくる姿が見える。パラリラ音は、ハンドルにセットしてあるスマホから流していたらしい。彼は笑顔で教室に飛び込んできた。

「いぇーい。間に合ったぁ」

「全然間に合ってません。SHRが終わったら、大和さんと渡辺さんは、職員室に来なさい」

先生の口調は、それはそれは厳しいものだった。

一・二限目は、「水産海洋基礎」。さすがナカスイと言いたくなる科目だけれど、初回は学校施設案内になった。校門前の坂を下りた交差点の向かいにある実習場に、一年二組の生徒十九人が集合している。実習場は、小学校のグラウンドくらいの広さだろうか。屋外に丸や四角の小さい池がいくつも設置されていた。北側には温室に似た屋内養殖棟があり、東側にある平屋のコンクリの建物には食品加工室や水産実習室、水産教員室などが入っているらしい。

かさねちゃんと渡辺君は、集団から離れてゲッソリしていた。あれだけ消耗するなんて、どれだけ絞《しぼ》られたんだろうか。

ジャージ姿の神宮寺先生は、長い髪を後ろで一つに結んでいた。

「こちらが実習場です。これから三年間、みなさんは毎日のように来ることになるでしょう。このいちばん大きい池に何がいるか、わかりますか？　鈴木さくらさん」

いきなり私！　不意を衝かれて、慌てて長方形の池を覗《のぞ》いて見たままを言った。

「魚がいます」

十八人分の爆笑に包まれた。恥ずかしくて、頬が熱い。

「笑わないように！　それを三年かけて勉強していくんですから。芳村小百合さん、どうかしら？」

「……ウグイです。栃木ではアイソの愛称で親しまれています。いわゆる雑魚《ざこ》扱いをされていますが、栃木県内では『アイソ堀り』という伝統漁法があり、甘露煮《かんろに》など様々な郷土料理があります」

一転、どよめきが起きる。思わず、まじまじと小百合ちゃんを見た。自己紹介の時の気弱な感じは消えて、自信のオーラに満《み》ち満ちている。

「じゃあ、芳村さん。そのまま続けて。この実習棟には、他にどんな魚がいるかしら？」

「主なものとして、チョウザメ、ナマズ、鮎、ドジョウ、ウナギ、ミヤコタナゴ、オニテナガエビ、ピラルクー、そしてキンギョ。すべて淡水魚です」

どよめきは、さらに大きくなった。なんでそんなに知っているの。私と同じ新入生なのに。

「はい、正解。実は芳村さんは春休みから毎日学校に来て、私と一緒に魚の世話をしてくれていました。学校が始まっても、朝六時には登校して、こちらに来ています。それだけ、魚を愛してくれているのね」

そうか。だから今朝も、下宿に小百合ちゃんの姿はなかったんだ。

「先生、ここの鮎ってデブじゃね？」

立ち直ったらしい渡辺君が、ウグイの隣の円形池を指さした。

「そうなの！」

先生の目に、涙が浮かぶ。

「水車が調子悪くてね、運動量が足りないのよ。ああ、シャープな流線形が魅力なのに。ごめんね、鮎たち……」

デブ？　プールを覗き込んでも、私は何も感じない。鮎は鮎だ。っていうか、これ鮎なんだ。

塩焼きの姿しか見たことがなかった。

「ねえ先生、チョウザメは今年採卵できるの？」

こちらも立ち直ったかさねちゃんが、屋内養殖棟を指さした。

「ウチのお姉ちゃんが、言ってたよ。チョウザメは生まれてから六年経《た》たないと採卵できないから、お姉ちゃんの代じゃキャビア食べらんなかったって」

「あなたのお姉さんって、大和撫子《なでしこ》さんかしら？」

「そうだよ。三年前に卒業して、最近、二人目の赤ちゃん産んだ」

「二児の母！　早いわね。今年は採《と》れる見込みよ。文化祭で販売できればいいわね」

「やったー。いくらで売れるかな。身はフライがいいよね。文化祭で一儲《もう》けしよう、先生」

かさねちゃんはVサインをした。

私を包む闇が濃くなる。みんなが何を言っているのかわからない。なんでチョウザメがキャビアと結びつくんだろう。

だめ、落ち込むな自分。まだ始まったばかり。それに勉強がすべてじゃない。高校は、友情をはぐくむ場所でもある……はず。そうだ、私は高校生になったんだから大人にならなくては。自分からシャットアウトをしてはいけない。かさねちゃんも小百合ちゃんも、話をすれば実は気が合うのかもしれないし。まずは、お弁当を一緒に食べよう。

しかし昼休みになると、かさねちゃんの姿はなかった。家が近いから、そっと抜け出して食べに帰ったらしい。小百合ちゃんも教室から消えている。この私が一人ぼっちでお弁当を食べる姿をクラスメートにさらすワケにはいかない。校舎の屋上に行くと、小百合ちゃんが実習場で養殖池を眺《なが》めながらお弁当を食べている姿が見えた。ついでに、校門を彩る満開の桜の下で女性の先生たちがベンチに座って仲良くお弁当を広げているのも見える。

私はベソをかきながら、屋上で一人お弁当を食べた。タコさんウインナや厚焼き玉子が入っていたけど、悲しすぎて味なんかわからない。女子が一人でお弁当を食べるなんて、私にはありえない。みじめだ。

下宿に帰っても、新型コロナウイルス対策ということで、食事は母屋と下宿では別々に食べている。つまりは私と小百合ちゃんが一緒に食事をするはずなのだけれど、起きたときにはすでに姿がない（朝食はサンドイッチにしてもらって、学校で食べているらしい）。夜も、小百合ちゃんは自分の部屋に食事を持っていった。

三食とも完全に私一人という状況が、もう一週間続いている。

布団に横たわり、天井のオバケみたいな木目を眺めながら唇を噛《か》みしめた。

ママやパパに会いたい。あんなにウザかったのに、ママの怒《ど》鳴《な》り声すら恋しい。でも、里心がつくからゴールデンウイークまでは帰省どころか、電話もＬＩＮＥも禁止と言われてしまっている。

いっそ男子と友だちになればいいんだろうけど、男子と校内で仲良く過ごすなんて漫画やドラマでしかありえない。女子は女子、男子は男子で固まるのがリアルな世界だ。

魚が好きなら授業を心の支えにできるのかもしれないけど、少しも興味を持てなかった。

気分転換に遊びに行けるお店もない。山や川もすでに見飽きて、ただの背景画としか感じられない。

逃げ場のない闇の世界に、私は一人――。

輝くはずの三年間を、こんな絶望のまま過ごすなんて。

もう何も考えたくなくて、眠るしかなかった。

そして次の日はまた、水産海洋基礎の授業だ。

今度は実習場ではなく、裏山の前を流れる小川のほとりに集められた。私も含め、全員が実習服――青い作業着の上下に、黒いゴム長靴を履《は》いている。もちろん、人生初の姿だ。

喜ばなきゃ、私。実習服なんて、普通高校じゃ着ないもの。めでたく、普通から脱却できたんだから。

同じく実習服の神宮寺先生が、声を張り上げた。

「今日は、みなさんにとって初めてとなる実習です。一日かけて、この用水路の清掃を行います！」

これ、小川じゃなくて用水路だったんだ。言われてみれば、水路がコンクリートで覆われている。周囲の生徒からは「うえ～」「掃除ー？」と面倒くさそうな声が響いてきた。

先生の美麗《びれい》な眉《まゆ》が、キリリと上がる。

「何を言うの！ ここの実習場はね、那珂川の支流である武茂《むも》川から水を取り入れているのよ。用水路や取水口に溜《た》まった泥やゴミを取り除いて、きれいな水が流れ込むようにするの。すべて、魚たちのため。魚ファーストですからね」

朝、水門を閉めたので水は少なくなっているらしい。私たちの任務は、泥を掬《すく》って地面に上げ、リヤカーに乗せて空《から》の池に捨てにいくことだ。

シャベルはチューリップの球根を植えるときに使ったことがあるけど、こんな大きいスコップを持つのは初めて。重すぎて、手にとった瞬間にバランスが崩れる。

用水路に入ったら、今度は泥に足をとられてうまく歩けない。一歩進むごとに転びそうになる。

「いい？　みなさんが泥を捨てる池はナマズの養殖用で、底が土になってるの。池を干すときに耕《たがや》して土と混ぜると、春先に湧いてくるワムシやミジンコのエサになる栄養塩の素《もと》になります。ナマズ養殖の要《かなめ》である稚魚の飼育は、天然の餌が豊富な池で人工飼料を給餌《きゅうじ》する事で安定したものになるの。つまりは、稚魚の世界を、みんなが創世するのです！」

先生が発破《はっぱ》をかけてくるけど、なんとか泥を掬っても重くてスコップが持ち上がらない。

そして――その泥の中に何かがいる。

先生の声が響いた。

「みなさん！　この用水路には、もちろん魚がいますよ。まず、何がいるかしら？　進藤さん」

先生に名前を呼ばれた彼は水路に入ったまま泥を眺め、手のひらに何かを掬いあげた。

「はい、まずはドジョウですね」

ドジョウ！　用水路にドジョウがいるなんて！

「じゃあ芳村さん、ドジョウのメスとオスの違いはなんでしょう?」

小百合ちゃんも用水路に入ったまま、淡々《たんたん》と答えた。

「……胸ビレです。人間だと手の部分に相当します。オスは細長く、メスは短くて丸っこいです」

私も魚に興味を持たなくては。泥を覗き込んでみると確かにドジョウが何匹かいて、うにょうにょ動いていているけど雌雄《しゆう》の見分けなんてつかない。

「ん?」

何か、泥の中で大きく動いている。この形状はもしや……。

「いやだあああああ! ヘビぃぃぃぃぃ」

用水路の中を飛ぶように走ってきた渡辺君が、ヘビの頭を指でつまんで持ち上げた。

「なんだ、ヘビじゃねぇじゃん。ウナギだよ」

「なんで、なんでウナギが用水路に……ウナギって浜名湖《はまなこ》にいるんじゃないの」

「この町じゃ、普通にそのへんにいるし」

渡辺君が鼻で笑っていると、近くにいた島崎君がウエストポーチからスマホを取り出した。

「いいですね。バズりそうな動画が撮れそうです」

「え?」

彼がスマホを向けた先は渡辺君ではなく、用水路だった。コンクリートで舗装してある壁を……別のウナギが登っている。

「水が少しでもあれば、ウナギって垂直の壁を登れるんですよ。ああやって、うねうね、うねうねって」

もうダメ。私は用水路に入ったまま腰を抜かした。

闇は、完全に私を覆いつくしたのだ――。


その日の放課後、私は実習棟に行った。昇降口を入って左に曲がると、「水産教員室」のプレートが見える。ノックをしてドアを押すと神宮寺先生が一人で座っていて、まるで女優のような優雅な笑みを向けながら、マスクをつけた。

「鈴木さん、大丈夫？　もう、腰は痛くない？」

「はい、すみませんでした。あの……相談が」

「相談？」

先生は小首を傾《かし》げた。さらさらと音を立てて、長い髪が肩を流れる。これを言ったらもう最後という言葉を、決意して口に出した。

「転校したいんです」

「転校って……鈴木さんが？　何かあったの？」

目を大きく見開いて、先生は私をまじまじと眺める。

「その……ナカスイは合わないみたいです、私。全然なじめない」

「一週間でなじめたら、そっちの方がスゴイでしょ」

「だって、芳村さんや大和さんや、渡辺君なんて……」

「芳村さんは春休みから毎日来てるし。大和さんや渡辺さんは、先祖代々ここで生まれ育った、ネイティブの那珂川っ子だもの。一緒に考えちゃダメよ。そんなに急がないで。その前に、ご両親にお話ししたの？」

「いえ。私、バカでした。魚に興味ないのに、変わった学校に行きたいって理由だけでナカスイを選んで。そこで何をやるかってことを、全然考えてなかった。私、ママによく叱《しか》られるんです。『さくらは、一歩先しか見ていない。二歩、三歩先を考えなきゃダメなんだよ』って。その意味が、今よくわかりました。普通の人間にふさわしく、普通高校の普通科に行って、普通に生きていけばよかったんです。欲なんか出さないで。今からでも、普通高校に転校したい。させてください」

先生は、腕組みして天井を見上げた。

「実は、県立高校間での転校って基本的にできないの。私立高校に空きがあれば、試験を受けて転入できるかもしれないけど」

「私立は無理です。パパもママも、県立以外はダメって……」

もう限界。涙と言葉とそねみや不満がイッキに放たれた。

「あんまりだよ！　中学の担任の先生は、みんな一人ひとり個性があるんだから、自分だけのオンリーワンを目指せって言ったけどさ、どうやったって普通にしかなれない私なんて、どうしようもないじゃん！　普通の人生じゃつまらないだろ、なんて言われたって……」

先生は、しゃくりあげながら泣く私が落ち着くまで、何も言わずにいてくれた。

「鈴木さん、ちょっと気分転換しましょうか。掃除手伝ってくれない？」

想定外のことを言われて、思わず「はぁ？」と返してしまった。

「普段は使わない特別会議室なんだけどね。明日、他県の水産高校の先生方が視察にいらっしゃるの。私が説明するときに、部屋を使いたいから」

そう言うと先生は、丘の上にある校舎の方向を指さした。


職員室の隣にある特別会議室の扉を開けると、もわっとした重厚な空気が流れ出てきた。十二畳くらいありそうに見えるけど、大きなソファセットとかが置いてあるから意外に狭く感じる。

「ここ、文字通り特別なお客様のときしか使わないのよ。だからホコリっぽくってね」

先生はカーテンをまとめ、次々に窓を開けた。光が中に入り込んで、革張りのソファとガラステーブルを照らしだす。

「鈴木さん、ハタキでその辺のホコリ落としてくれる？　額《がく》とか剝製《はくせい》のケースとか」

先生は四方の壁をグルッと指さした。

気乗りはしないけれど、入学以来、何もできなかった私ができる唯一のことかもしれない。先生から渡されたハタキを手にとった。

やるせない気持ちのまま、そのへんに置いてあるものにハタキをかけていく。名前は知らないけど大きな魚の剝製が納められたガラスケースや、壁にかけられた額も。

「ん？」

額に飾られている文章……全部英語だ、たぶん。読めないことで、妙に気になった。

「先生、これってなんて書いてあるんですか」

マスク越しでもわかる笑顔を作り、先生は雑巾を持った手で額を指さす。

「それ、詩なのよ。昔、ここにいた英語の先生がお書きになったらしいの。カリグラフィーっていって、西洋の書道みたいなものだから、ちょっと文字がわかりにくいかしらね。いちばん上に書いてある、詩のタイトルは読める？」

「これくらいは。Y、O、U、T、H」

「ユースって発音するの。意味は、鮎にたとえるなら『若鮎のころ』ね」

「……普通に人間にたとえてください」

「いちばんピンと来るのは『青春』かしらね。サムエル・ウルマンっていうアメリカの詩人が、七十八歳の時に書いたの」

先生は、それ以上のことは言わなかった。

掃除が終わって特別会議室の鍵をかけるときは、淡々とした口調だった。

「じゃ、気をつけて帰りなさい。もう夕方で危ないからね」

「はい……」

実習棟に戻っていく先生の後ろ姿を眺めながら、後に続いて昇降口を出ようとした。

「……」

不思議なことに足が進まない。ナカスイなんて、さっさと出ていきたいのに。なぜか回れ右をして廊下を東に進んだ。奥に屋上への階段がある。

一段上るごとに、頭の中で「青春、青春、青春」と神宮寺先生の声がこだました。

屋上の扉を開けると、空が広がっている。

遠くに見える八溝の山々はシルエットになり、空に浮かぶ雲は夕陽に染められてオレンジ色の川のようだ。

フェンスに背中を預けるように腰を下ろし、スマホを使って検索した。「サムエル・ウルマン　YOUTH　日本語」。

検索結果を見る限りでは難しそうな文面が多くて、取っつきにくい。次のページに行ったら簡単そうな訳を見つけたので、リンクをクリックしてみた。

——青春とは人生のある時期ではなく、キミの心が決めるものだ
若々しい頬、赤い唇、柔軟な肉体のことではない
強い意志、優《すぐ》れた創造力、あふれ出る感情、これが青春だ
青春とは人生の深く清らかな泉なのだ——

まだ続く長い詩だけれど、「青春とは年齢や体の若さではなく、心の持ちようである」という内容らしい。話題にしているのは大人が多いようだ。きっと、まだ青春は終わっていないとしが

みつきたいんだろう。あとは、青春を謳歌《おうか》できなかったとか。

リアルな青春は私のはずなのに、ナカスイに来てしまって、それを無駄にしてしまったんじゃないだろうか。かと言って学校を退学したらどうなるんだろう。また受験をやり直すことになるのか。それこそ青春を無駄にしてしまう。

「じゃあさ、どうすればいいんだよぉ！」

空に叫びながら、神宮寺先生の言葉を思い出した。

「鮎にたとえるなら、若鮎のころ――」

先週の実習棟見学のとき、先生は力説してたっけ。ふ化した赤ちゃん鮎は海で育ち、今の時期に若鮎となって川を遡《さかのぼ》ってくるって。私も、もしかしてそんな状況なのかも。川の流れがキツイからって回れ右して、海に戻るのか。それとも、負けるもんかと頑張って上流に向かうのか。

まぶしさに気づいて振り返った。目の前に夕陽が輝き、世界は黄昏《たそがれ》色に染まっている。

そうか、ここは「夕陽が丘」だったっけ。ワケもなく泣きたくなった。まわりに誰もいないし、わぁわぁ声を上げて泣いた。今までの人生で泣いた総量よりも、涙が出た。

でもそれで、イヤな感情を全部吐き出せた気になり、少しすっきりした。

下宿に戻って部屋着に着替えた私は、畳に大の字になって寝転んだ。明日は土曜日。家に帰って、パパとママに学校を辞めるって言ったら、どんな反応をするだろう。

「ほら、みなさい。パパもママも言ったでしょう。さくらは普通の子なんだから、普通高校がいいんだよって。まだ十五歳のくせに、自分で人生決めようなんて無理なの、無理！　だから親の言うことを聞いてればよかったのよ」

　ママが言うであろう言葉が脳裏をぐるぐると渦《うず》巻いた。そして、どういうわけかＹＯＵＴＨの詩も。

　目をつぶっていたら、うたた寝してしまったらしい。幻覚とも夢ともつかないものを見た。おばあちゃんになった私が、老眼鏡をかけて「青春」の詩を読んでいる姿が見える。

　――十五の時、もう少し頑張っていたら違う人生だったのかな。今さら、もう――

　そうつぶやきながら、ため息をついて本を閉じる。

　ハッと目が覚めた。

　時計を見ると、二十一時チョイ前だ。まだ一日は終わっていない。最後にもう一歩だけ進んでみよう。

　まだ起きていればいいなと願いながら小百合ちゃんの部屋に行ってみる。襖をノックすると、顔をのぞかせた。私が来たのが意外なのか、目を丸くしている。

「……なに？」

「あ、あ、あの。明日土曜日じゃない？　学校休みでしょ。何するの」

「……ガサガサ」

　何だそれ。でも前へ進め、自分。

「私も一緒にやっていい？」

　小百合ちゃんはさらに目を丸くした。しばらくそのままだったけど、おずおずと頷く。

「……朝、七時にここ出る……実習服がいいよ」

「あ、ありがとう！」

中学二年から三年は持ち上がりだったし、一から友だちを作るってしばらくやってない。今まではクラスの半分は女子だったし、自然に波長の合いそうな子がまとまっていたから。でも、ここではダメなんだ。自分から何かを変えていかないと。

とりあえず一歩は踏み出せた。達成感が私の不安を解いたらしく、その夜は久々にぐっすり眠ることができた。


翌朝。小百合ちゃんに連れられて近くの小川に行った私は、大きな網を持たされた。

「へぇ、ガサガサって網使うんだ」

「それはタモ網」

おずおずとした口調は消えて、むしろ凛々《りり》しい。

「川の魚をタモ網で捕まえる遊びをガサガサっていうんだよ。石をひっくり返したりして生き物を探すと、川の中で『ガサガサ』いうでしょ。だから」

「なるほど」

思い切り納得した。

「今日は、アメリカザリガニ狙《ねら》いでいく」

「へえ、なんで」

「外来種だもの。従来の固有種の生活環境を荒らすから」

まるで私だ。水産が好きな子たちが集《つど》う学校に入り込んで、先生やみんなに迷惑かけて……。

だけど、一つ気になった。

「捕まえたら、どうするの」

「食べる。無駄に殺すことはしない」

「食べられるの！」

「もちろん。海老みたいな味だよ」

海老！　私の大好物じゃないか。

アメリカザリガニへの仲間意識はその瞬間に消えた。

タダで海老（みたいな味）が食べられるなんて！

やる気が大全開になり、さっそく川に足を入れた。長靴を履いているからダイレクトに水の冷たさは伝わってこないけれど、水滴が跳ねて顔につくと、「冷たい！」と声が漏れてしまう。

水深は浅くて、せいぜいふくらはぎの真ん中くらいまで。水はガラスみたいに澄《す》んでいて、小さな魚が足元を泳いでいるのが見える。可愛い。なんか嬉《うれ》しくなってきた。

「まだ四月だから体は小さいけど、いっぱいいるよ。石の下とか草の茂《しげ》っているところをガサガサして」

はい、先生。と答えたくなるような頼もしさが小百合ちゃんに潜《ひそ》んでいたというのは、正直驚きだった。陰キャと勝手に思い込んでいたけど、間違いだったかも。

彼女に言われたとおりに、「ガサガサ」しまくった。でも網に入ってくるのは、落ち葉や名前も知らない小魚、そして薄茶色の海老みたいのばかりだ。

「小百合ちゃん、アメリカザリガニなんていないよ」

「え？　いっぱいいるよ」

こっちに来た小百合ちゃんは自分のタモ網で私の周りをガサガサし、網の中を見せた。さっきの海老もどきがわんさかいて、元気に動き回っている。

「これがそうなの？　こんな色なんだ。真っ赤《まっか》だと思ってた」

「まだ四月で、大きくなってないからこんな色なんだよ」

もしかして私は、イラストでしかアメリカザリガニを見たことがなかったかも。

でも「正解」がわかれば、見つけるのはたやすい。あっという間にバケツ一杯分獲れた。

私は河原に座り込み、感心してバケツの中を眺める。

「すごい。いち、にぃ……。五十匹くらいいる？　こりゃ環境問題にもなるね。これが本当の海老だったら、海老フライ天国だったなぁ。ここで料理するの？」

小百合ちゃんは、ブンブンと首を横に振った。

「泥抜きしないと臭《くさ》くてダメ。下宿に戻ったら、バケツにホースで水を入れて、数日間はそのまま水を流し続ける。オジさんに許可もらわないと」

さっさとバケツを持ち、すたすた歩く小百合ちゃんの後を、慌てて追いかけた。

母屋の裏手にある流しでバケツに水を入れていると、ぼさぼさの長い髪に瓶底《びんぞこ》メガネ、パジャマに半纏《はんてん》姿の女の子が来た。

「眠い～。朝っぱらから何やってんの。お、ザリじゃん」

この声は、かさねちゃんだ。学校の姿とのギャップが激しすぎる。小百合ちゃんは意に介さない様子で、淡々と答えた。

「ガサしたから、泥抜きしてるの」

二人は専門用語（というか仲間用語というか）で会話している。小百合ちゃんとかさねちゃんは、どういう関係性なんだろうか。お互いに自分の世界を持っていそうだから、敵でも味方でもなく、外交みたいなもんなんだろうか。

かさねちゃんはバケツを覗き込んだ。

「ザリって海老テイストでいいよね。あたし、春アニメの『異世界転生したらファストフード店がなくて困っているので、自分で作っちゃいます』にハマってるんだけどさ。昨日配信された回で、海老グラタンコロッケバーガーが登場したの。そしたら夢に出てきちゃってさ、朝からずっと食べたいんだよね。でも、この辺じゃファストフード店なんかないし。ここは異世界かっつーの」

小百合ちゃんは、パチクリと目を見開いた。

「二、三日待てば、これで作れるよ」

「なんでそんなに。近くの川で採ったんでしょ？　水キレイだから、一日泥抜きすれば十分だよ。明日作れるじゃん。日曜だし、せっかくだから三人でやる？」

「え……。う、うん！」

かさねちゃんに誘われるなんて！　自分の殻《から》が少し破れたような気がした。

翌日、お昼前にかさねちゃんが離れに来た。中学時代のジャージ姿で、手に持つスーパーの袋には何やらいろいろ入っていた。

「へっへっへー。まずこれは、バンズ。朝、母屋で焼いてきた。キャベツとピーマンと玉ねぎは、近所の農家さんからオヤジが買ったものだよ。バンズの小麦粉もね」

その内容に興奮した私は、スーパーの袋に見入った。

「すごいじゃん。もしやオール那珂川で海老グラタンコロッケバーガー作れちゃうんじゃないの！　海なし県なのに」

「いや、グラタンソースは市販のを使わせていただきます。マカロニ入りでお得だし」

下宿の台所で、かさねちゃんがガス台の前に立ち、二つの鍋を火にかけた。後ろに立つ私と小百合ちゃんを振り返り、調理台の上のボウルに山ほどいるザリを指さす。

「沸騰したら、あんたたちが鍋に入れてね。あたしは別の鍋でマカロニ茹《ゆ》でるから」

「入れる？　何を」

「ザリに決まってんじゃない」

「だって生きてるよ。可哀《かわい》そう」

「生きたままバリバリ食べる方が可哀そうでしょ！」

かさねちゃんは呆《あき》れたのか、自分で次々に鍋に放り込んだ。ザリは生きて動いてるけど、彼女は全く躊躇《ちゅうちょ》しない。小百合ちゃんも手伝っている。

寿司、天ぷら、塩焼き、フライ、刺身——。

今まで食べてきた魚介料理が脳裏を乱舞する。そうか、食べるっていうのは命をもらうってことなんだ……。

五分くらい経つと、かさねちゃんが火を止めた。

「茹であがった。使うのは尻尾のところの身ね。殻から取り出してよ」

彼女が熱湯から引き揚《あ》げたザリは、真っ赤だった。私が絵からイメージしていた色は、これだ。

その殻を、台所の隅にあるテーブルの上で剥《む》くのだ。茹であがっていれば、ためらいはない。

私は思いっきり殻をはがす。中を見て、思わず叫んだ。

「これしかないよ、身！」

文字通り、小指の先くらいしかない。小百合ちゃんは、ものすごい速さで剥きながら答えた。

「こんなものだよ……。食べられる部分なんて」

バケツ一杯いたザリから採れた身は、小さめのドンブリ一個分くらいだった。

「じゃ、本番行きましょうかね。ピーマンと玉ねぎは五ミリくらいの角切りね」

かさねちゃんは見事な包丁さばきで野菜のカットを作り上げた。

「で、野菜とザリをフライパンで炒《いた》めたら、茹でておいたマカロニとグラタンソースを入れて煮込むの」

まろやかな、シーフードグラタンみたいな香りが鼻をくすぐる。

グラタンができあがったけど、冷蔵庫でしばらく冷やして固める必要があるそうだ。その時間も無駄にしないらしく、かさねちゃんはスマホで『異世界転生したらファストフード店がなくて困っているので、自分で作っちゃいます』の海老グラタンコロッケバーガー回を私たちに観賞させた。

「どう？　めちゃ面白いでしょ。今期の覇権アニメって言われてんの」

ちょっと軽く考えていたけど確かに面白い。あとでこっそり、全話観てみようと思ってしまった。

「じゃ、冷えたグラタンに卵とパン粉をつけて揚《あ》げるよ」

油の海の中で、グラタンコロッケはじゅわじゅわと音を立てながらキツネ色に染まっていく。

もう食べたい。この状態で食べてしまいたい。でも、まだ仕上げがある。

かさねちゃんは、バンズにキャベツの千切りを載せ、グラタンコロッケを置くと大胆にソースをかけて、残ったバンズで蓋《ふた》をした。

「はい、できあがり」

黒い陶器の大皿には、三つのバーガーがあった。五十四のザリからできたのは、これだけだったんだ。とはいえ、手作りのグラタンコロッケはかなり大きい。ファストフード店の五倍くらいありそうだ。

「いただきます」

私は、おそるおそるバーガーに手を伸ばした。ずっしり来る。片手じゃ無理だ、両手で持たないと。大きく口を開け、思い切りガブリとかじる。ふわふわのバンズを突き破るとシャキシャキのキャベツとカリカリの衣《ころも》が出迎えて、さらにトロトロのグラタンソースがあふれ出す。

咀嚼《そしゃく》するごとに口の中に広がる味は——。

「海老だ……海老グラタンコロッケバーガーだ！」

「当たり前じゃん。けんちんうどんの味がしたらどうするんだよ」

かさねちゃんは、呆れた顔で私を見た。

「ザリって、本当にこんなに海老みたいな味なんだね！」

「キ、キレイな水に棲んでいて、キッチリ泥抜きしたザリなら、臭くなくておいしいんだよ」

小百合ちゃんは得意そうにそう言うと、両手でバーガーを持ってかじりつく。

私は、感動の嵐に襲われた。

「自分でガサして獲ったザリって一味《ひとあじ》違うね！」

にわかのくせに「通」ぶった私は、さらに感想をまくしたてる。

「今まで食べたファストフード店のとは別物だよ。具がゴロゴロして、液体状態じゃないし。何よりピーマンがいい仕事してる！　こんなに大きかったらふつう飽きが来ちゃうだろうけど、ピーマンのほろ苦さでリセットされる。玉ねぎの甘さもたまらないし、何よりザリがおいしい！　海老だよ、海老の味。愛《いと》しの、お海老さま！」

「でも、あたしはファストフードのカジュアルな味で食べたかった。ま、うまいからいいけど。きっと、あの主人公もこんな気持ちなんだな」

幸せそうに食べるかさねちゃんを見て、思わず口にしてしまった。

「……ねぇ、なんで学校と家で全然雰囲気違うの」

ものすごい冷たい視線を、かさねちゃんは私に投げる。

「こんなとこ、山と川しかないんだよ。他になーんにもないんだから。ギャル化することで、異世界転生気分を味わってんの！」

「そういうものなんだ」

「だってウチなんかオヤジもお母さんも、おじいちゃんもおばあちゃんも、お姉ちゃんもお義兄《にい》さんも、親戚《しんせき》一同みんなナカスイ出身なんだよ！　どんだけ閉塞《へいそく》社会なの。あたしは絶対、いつかこの世界を脱出して東京に行くんだ。その訓練も兼ねてんの」

「でもまずは、ほかの高校選べばよかったんじゃない？」

「偏差値全然足りないの！　言わせないでよ！」

空気が漏れるような音が響いた。見ると、小百合ちゃんが口を押さえていた。もしや、笑った？　なんか、妙な感動に襲われた。

私も、つられて笑ってしまった。笑う？　私が？　いつ以来だろう。

口の中に残る海老グラタンコロッケバーガー……いや、ザリガニグラタンコロッケバーガーの味を噛みしめた。この味も、今の気持ちも、あの詩を知ったから手に入ったようなものだ。ある意味、神宮寺先生のおかげかもしれない。

「先生にも味わわせてあげたかったなぁ」

「……せ、先生って……神宮寺先生？　今回は無理だよ。金曜日の夜から、二泊三日で新潟に海釣りに行ってるもの」

「そんなはずないよ、小百合ちゃん。昨日、先生が視察の相手を特別会議室でするって言ってた」

かさねちゃんが呆れたように言う。

「なんで生徒がいない土曜日に、視察が来んのよ」

もしかして――先生は、わざと会議室の掃除をさせた？　ただ、あの詩を私に教えるために。押しつけがましくなく、自然に。もしも、真正面からあの詩を教えられたら、私は思い切り反発しちゃったかもしれない。

心の――そして体の奥底から、ふつふつ湧いてくるものを感じる。これって、情熱なのか希望なのか勇気なのか。その勢いで、言ってみた。

「ね、ねえ。かさねちゃん、小百合ちゃん。明日からは、一緒にお弁当食べようよ」

「やだ」

「わ、私も……パス」

二人はあっさりと却下する。

「あたし、昼休みは家でたまったアニメの録画を消化したいのよね」

かさねちゃんは、腕組みをして首を傾げた。

「それにあたしたち、毎日二十四時間、常に一緒にいるようなもんなのよ。それも、下手すりゃ三年間。ある程度距離を置かないと息が詰まるよ」

「わ、私もそう思う……。それに昼休みは、魚の世話をしたい」

「あ、そう」

盛り上がった気持ちが、音を立ててペシャンコになった。でもまあ、いいか。無理せず、少しずつ。

残った殻や頭でかさねちゃんが作ったクリームスープもめちゃくちゃ美味で、私はザリへの認識を完全に改めた。

その夜、下宿の部屋であらためてナカスイ一年生の教科書を眺めた。水産海洋基礎、食品製造、海洋生物、資源増殖……。どれも分厚い教科書だ。

一皮剝けたんだろうか。今朝まで、文字の羅列としか思えなかった単語が光を帯びて見えてくる。

ひょっとして私――この高校でこの下宿でこの町で三年間、やっていけるんじゃなかろうか。

転校は、とりあえずなかったことにしてもらおう。

闇がほんのり薄れて、朝日が昇り始める。私の世界は今、そう変わった。

第二章 サワガニフルコースは五月《さつき》晴れ

一学年に三人しかいない女子が協定を結び、無理に友だちにならずそれぞれ好きに過ごすことを、かさねちゃんがクラスで宣言した。

結局、陰で「あの子仲間外《はず》れなんだ」と言われるのがイヤなだけなので、協定後は一人ぼっちのお弁当タイムも気楽になった。屋上の昼休みが愛《いと》おしい。前向きに考えれば、空の青さと山の緑を独《ひと》り占めできるから。なのに、宣言から一週間も経たずに「ぼっちランチ」は終わりを迎えた。

なぜなら、昼休みにかさねちゃんが帰宅していることが神宮寺先生にバレたからだ。そして、理由はもう一つ。

「タイトルでバカにしてリアルタイムでは観なかったんだけどさ。去年の秋アニメの『楓《かえで》女子高校　屋上お弁当クラブ』の第一話を、たまたまユーチューブで観たのよ。そしたらめっちゃ面白くて、ハマっちゃったんだ。あたしも屋上でお弁当食べることにした」

そう言いながら、かさねちゃんは朱塗《しゅぬ》りのお箸《はし》をせっせと口に運んでいる。

「一緒に食べるのはイヤだとか言ってなかったっけ」

なんかムカついて、私は冷たい口調で返した。お互いの距離は二メートルくらい離れて座っているからお弁当の中身は見えないけど、知っている。大和のオジさんが一緒に作ってくれるので、二人とも（ついでに小百合ちゃんも）アルミ製お弁当箱の内容は同じだ。肉団子の甘酢あんかけ、ミニアメリカンドッグ、塩鮭《しおじゃけ》、ミニトマト。そして海苔《のり》ご飯。

「別に一緒に食べているわけじゃないでしょ。たまたま、同じ空間にいるだけのことだし」

見た目ギャルなかさねちゃんが、おいしそうに海苔ご飯をパクつく姿は妙なほのぼの感があった。

「なんなの、そのアニメ。屋上でお弁当食べるだけ？」

「そう。高校生が屋上でお弁当食べるのってね、海外のアニメオタクの憧《あこが》れなんだよ。部活もね。だから、その作品も日本より海外でウケてる。あんた、知らないでしょ」

「あんた、じゃないもん。鈴木さくら……」

頭の中で、かさねちゃんが発した単語がリフレインしている。

部活、部活、部活。

そうだ、部活は青春の証《あかし》。女子同士が友情を深めるなんて理想が消え失せた今、せめて部活で青春したい。

確か、神宮寺先生は四月中に入部希望を出せって言ってたけど、落ち込んでた私はそれどころじゃなかった。今日って何日だっけと思いスマホを取り出したら、二十六日と表示されている。

「ヤバい、野球部に早く入部届出さないと」

「なに、あんた野球やるの？」

「違うよ、マネージャー。高校で女子の青春っていえば、野球部のマネージャーだもん」

「普通がイヤだからナカスイに入ったんでしょ？　その割には、普通の考えだね」

かさねちゃんの言葉が、ぐさりと胸に突き刺さる。

肉団子を頬張りながら、無表情でかさねちゃんは私にとどめを刺した。

「でもさ、ナカスイに野球部ないよ」

「なんで！　高校といえば野球部で目指せ甲子園でしょう」

「この少人数の学校だよ。人数集まるワケないじゃん」

急造の夢が、音を立ててあっさりと崩れた。そもそも、どんな部活があるんだろう、ナカスイって。

「か、かさねちゃんは、漫研かアニメ研なの？」

「ナカスイには、どっちもないよ。美術部はあるけど、あたしは別に絵が描きたいワケじゃないし。ほかにあるのは、レスリング部とかアーチェリー部とか手芸部とかアウトドア部とか。そうだ、普通じゃない部活がいいなら水産研究部に入ったら？」

冗談じゃない。頬が引きつった。

「なんで水産高校に来て、さらに部活で水産しなきゃならないの。魚は授業でお腹がいっぱいだよ」

「いいじゃん、オンリーワン・オブ・オンリーワンで。芳村さん入ったよ。あとねぇ、確か渡辺も進藤も、島崎も」

やんちゃ男子に、神童に、ユーチューバー！　濃すぎるメンバーが勢ぞろい。そんなの教室にいるのと変わらないじゃないか。論外。

ショックのあまり、午後の授業は全然身が入らなかった。もうダメだ、放課後はさっさと帰って下宿で一人の世界に籠《こも》ることにしよう。

ため息を何度もつきながら昇降口を出ようとすると、ガラス戸に貼られている新しいポスターが視界に入った。今朝はなかったはず。さっき貼られたんだろうか。アニメみたいなイラストで、男女の高校生三人が調理室でポーズを決めている。

「第十一回　ご当地おいしい！甲子園　参加高校募集」

甲子園？　思わず、へばりつくようにそのポスターを見つめた。

脳裏にイメージが浮かぶ。

「優勝は、ナカスイの鈴木さくらさんです！」

司会者がそう言いながらトロフィーを渡してくれる。私は泣きながらインタビューに応《こた》えるのだ。

「つらい練習に流した涙は今、喜びの涙に変わりました。生涯忘れられない青春の思い出です！」

観客席にはクラスのみんなと神宮寺先生、ついでにかさねちゃんもいて、もらい泣きしながら拍手を送ってくれている。

そして晩年。暖炉そばのロッキングチェアで編み物をしながら、私はふと棚にあるトロフィーを見る。あれは何？　と質問した孫に、笑顔で答えるのだ。おばあちゃんの青春の証だよ、と。

予定変更！

昇降口を出た私は下宿に向かわず、実習場に走って行った。一目散に実習棟内の水産教員室を目指す。ドアが少し開いていて、椅子《いす》に座る神宮寺先生がこちらに背を向けて立っている男子生徒と話しているのが見えた。

「僕、鮎《あゆ》の乳酸菌を分離してみたいんですよね。藻類《そうるい》を摂餌《せつじ》しているから、腸管から分離できると思うんですけど」

「いいわね。やってみたら？　鮎の腸内容物と付着藻類を次世代シーケンス解析にかけたら、試料中の細菌相と植物相が明らかになるでしょ」

なにを話してるんだか、サッパリわからない。きっと進藤君だろうなと思ったら、気配を察したのかこちらを振り返った。チャラさと知性のハイブリッドオーラを放っている。やっぱり彼だ。

ドアの隙間《すきま》から覗《のぞ》く私に、先生も気がついた。

「あら、どうしたの。鈴木さん」

「じゃ、僕は部活に行きますね。先生また後で。鈴木さん、車に気をつけて帰るんだよ。みんな飛ばしてるからね」

頭がいいだけじゃなく気も回るらしい。天から二物も三物も与えられた進藤君は微笑《ほほえ》みを浮かべながら、スマートに部屋から出ていった。入れ替わりに入ると、先生は一転して深刻な口調で言った。

「まさか……やっぱり転校したいの？」

「いえ、とりあえずあれは置いといてください。私の質問はこっちです」

スマホの画面を先生に示す。さっきのポスターを撮影したのだ。

「あら、『ご当地おいしい！甲子園』。全国の高校生が『ご当地グルメ』を発案して競うのよね。ナカスイも去年、三年生が応募したのよ。イノシシ料理だったかな。書類選考で落ちちゃって、予選には行けなかったけど」

「先生！　私、これに出たいんです」

「あら、いいわねえ。でも理由は？」

青春といえば甲子園じゃないですか。将来、高校時代に何かに打ち込んだ経験がないなんてイヤです。青春に年齢なんて関係ないって詩もありましたが、やっぱり今しかできないことがあります。退学しないでナカスイでやっていくと決めたからには、私は今ここで青春したいんです。

と、真正面から言うと恥ずかしいので、「今年度の目標を持ちたいので」と答えた。

「挑戦するのはいいことよ。流れとしては、六月末までに学校を通して必要書類とデータを提出するの。書類選考が通ったら、八月に地区予選。栃木は関東甲信越地区だから会場は東京ね。決勝に進めるのは、各地区で一校だけ。で、十一月に同じく東京で決勝があるんだけど……」

先生は、残念そうに眉を下げた。

「それねぇ、チーム制なの。三人で一チーム作って応募するのよ。それに各校一チーム限定で、複数の希望がある場合は、校内選抜をして一チームに絞《しぼ》らなきゃならない」

「かさねちゃんと、小百合ちゃんをメンバーにします。まだ話してないけど」

「あの二人が参加したいと思うかしら」

確かに。かさねちゃんは「アニメ鑑賞甲子園なら出る。あとはお断り」、小百合ちゃんは「私は魚以外に時間使いたくない……」と断る姿が、目の前に浮かんだ。でも、でも、もしかして――。

「先生、いつまでに申し込めば、校内選抜に間に合うんですか？」

「そうねぇ」

天井を仰《あお》ぎ、指を折り曲げながら計算する。

「五月末かな」

一か月ある！

「わかりました。期限までになんとかします。ほかのチームから申し込みがあっても、まだ決めないでくださいね」

私は回れ右をして、教員室を出ていった。

下宿に帰り、離れに入ろうと玄関の戸を開けた。

「おかえり、さくらちゃん」

振り返ると、かさねちゃんのお母さんが立っている。ママより十歳くらい若く（見えるだけかもしれないけど）、めちゃ美人だ。いつもすっぴんのママとは正反対で、アイメイクもバッチリ。髪なんて巻いている。神宮寺先生を百合とするなら、オバさんは牡丹《ぼたん》。牡丹の刺繡《ししゅう》が入ったマスクにエプロンだから、余計そう感じるのかもしれない。ちなみにママの愛用は百均のマスクで、エプロンは面倒だからしないらしい。こんなキレイな人を、あのプロレスラーのようなオジさんがどうやって射止めたのか一度訊《き》いてみたい。そういえば、二人ともナカスイなんだっけ。

オバさんは、手にハガキを持っていた。

「さくらちゃんのお母さんから郵便だよ」

なんでハガキ。令和の世だというのに。呆《あき》れながら受け取ると、一行だけ書いてあった。

——約束守りなさいよね——

約束？　なんだっけ。

地面を見つめながら、記憶の沼を探索する。

「思い出した！　里心がつくからゴールデンウイークまでは電話やＬＩＮＥは禁止だけど、私からママへの手紙だけは少なくとも一通は送ってこいと言われていたんだ」

「今、書いてくれれば、オバさんが郵便局に出してきてあげるわよ。ハガキ持ってこようか。封書の方がいいかな？」

「いえ、まだ書くことが思いつかないので、いいです」

疲れが倍になった気がする。部屋に戻り、着替えると大の字に寝転んだ。

ホッと息を吐きながら思う。

「私も、馴染《なじ》んできたんだなぁ」

そう、最初は和室なんて落ち着かなかったのに。人間変わるものだ。この静かな空間も、俗世間と隔絶されたようでいい。

襖《ふすま》がノックされた。慌《あわ》てて体を起こして正座すると、オバさんが顔をのぞかせた。日本庭園に牡丹が咲くように、イッキに雰囲気が華やかになる。

「あのね、今、さくらちゃんのお母さんに電話したの。娘さん、手紙の内容を頑張って考えてますので、お時間少しください。元気にしてますよって」

「すみません……」

正座したまま、頭をペコペコ下げた。

「そしたら、伝えてくれって言われたんだけどね。ゴールデンウイークも帰ってきてはいけませんって」

「なんでですか！」

「えっと……もう少しこっちに慣れてからの方が、いいだろうって」

違う、絶対違う。

「わかった！　パパと旅行に行くんだ。去年、コロナ禍《か》のうえに私が受験だからどこも行けないって騒いでたし」

何も言わないけど、オバさんの目が「当たり」だと物語っている。

手紙なんか絶対書くもんか。私は涙目になりながら誓《ちか》った。

翌日の昼も、私は屋上でお弁当を食べた。夏の訪れが近いことを感じさせる風が、レースのヴェールみたいに私を撫《な》でていって心地よい。なんせ、山と川ばっかりだし。そこに田植えが始まったみずみずしい田んぼの香りも重なって、傷ついた私の心を癒《いや》してくれる。

今日のお弁当は、ミニハンバーグ、鶏の照り焼き、茹《ゆ》でたブロッコリー。ご飯の上には、マグロのフレークがふりかけられていた。一年二組の三人娘は、全員同じお弁当だ。

と思いながら、一・五メートルくらい先で自分の世界に浸っているかさねちゃんの手元を見たら、違う。

「なんで、ご飯が違うの？　海苔《のり》で東京タワーが描いてある」

かさねちゃんは、不機嫌そうに視線を投げてきた。

「これ、東京タワーじゃないし。エッフェル塔」

「オジさんが描いてくれたの？　海苔でそんな細かいの」

「自分で描いたの！　昨日観た『楓《かえで》女子高校　屋上お弁当クラブ』の第十話でさ、パリからの留学生のルイーズがね、ホームシックになっちゃったの。それを慰《なぐさ》めるために、ヒロインの柚《ゆず》が海苔でエッフェル塔弁当を作ったのよ。もう、泣いたね、あたしは。その感動をこめて、朝から頑張ったんだよ。ウチはオヤジが作るものが絶対で、それ以外のものが食べたかったら自分で作るしかないしさ」

それでピンと来た。だから、かさねちゃんは料理上手なんだ。

もしかして、チャンスかも。勇気を振り絞って声をかけてみる。

「ね、ねえ。かさねちゃん。『ご当地おいしい！甲子園』に一緒に出ない？」

「あの、昇降口に貼ってあるアニメイラストのポスター？」

「そう！　料理得意なかさねちゃんなら、絶対……」

「やだ、面倒くさい。そんな時間があるならアニメ観るよ」

予想通りだった。思わず、素朴な疑問を口にしてしまう。

「なんで、アニメがそんなに好きなの」

「あんたも、こんな何もない場所に生まれ育ったらわかるよ。毎日が、のっぺりした単調な世界だから。アニメはね、知らない世界や憧れの世界に連れていってくれるんだよ。それより宇都宮のあんたの部屋が空いたんなら、あたしはそっちに下宿したいよ」

かさねちゃんはそう言うと、一口分残った海苔ご飯を口に放り込んだ。

「あれ？　結局一緒にお昼食べてるんだ」

声の方向を振り返ると、高身長の優男《やさおとこ》と、頭一つ分背の低いボサボサ髪のぬぼーっとした男子が屋上へのドアを開けてやって来た。進藤君と島崎君だ。

同じ宇都宮市民の進藤君が来ると、どうもドキドキしてしまう。別に恋のときめきというワケではなく、私のあのことを、もしや知っているのではないかと。

人の気も知らずに、かさねちゃんは能天気に手招きした。

「ねぇ進藤、今度勉強教えてよ。フリだけでいいから。あたし、秀才に勉強教えてもらうっていうシチュエーションに憧れてんの」

「うん、割とアニメにあるよね。赤点脱出しないと、部活禁止とかいう場面でね。でも、大和さんは国語なら得意なんじゃないの？」

「あたしが？　なんで国語」

「だって、かさねっていう名前、『おくの細道』からとったんでしょ」

「そうだよ。だからお姉ちゃんの名前は、撫子だし」

「ごめん、全然ワケわからないんだけど……」

進藤君の「説明スイッチ」が入ったらしい。話についていけない私に、怒濤《どとう》の速さでポンポン言葉を投げてくる。

「松尾芭蕉《まつおばしょう》の『おくの細道』は知ってるよね？　芭蕉はその旅路で、隣の黒羽町《くろばねまち》……今は合併して大田原《おおたわら》市だけど、そこに十四日間滞在したんだ。そのとき地元民の可愛い女の子と出会って、その子の名前が『かさね』。芭蕉に同行していた曾良《そら》が、可愛いけれど変わった名前だなと『かさねとは　八重撫子《やえなでしこ》の　名なるべし』って詠《よ》んだんだ」

「それが由来で大田原やその周辺って、あたしと同じ『かさね』って名前の子、割といるんだよね」

わかったふりして頷《うなず》いてみたけど、初耳だ。『おくの細道』はタイトルしか知らない。でも一つだけ、質問ができそうだった。

「八重撫子？　大和撫子の間違いじゃないの？」

「ううん、八重咲きの撫子のこと。間違いじゃないよ」

無知な私を見る進藤君の目は優しい。無垢《むく》な子犬を愛《め》でるような温かさがある。でも、撫子って花だったんだ、今知ったなんて言えない。

「エモいなー、この風景。絶対使えますよ」

島崎君は両手の指で四角を作り、アングルを決めるようにあちこち見回している。

「使うって？」

「『ご当地おいしい！甲子園』の応募にです」

彼の答えは、脳天をトンカチで殴られるようなショックなものだった。

「応募するには、三分間のプレゼン動画が必須なんです。本番の審査にも使われるので、僕も全力で挑《いど》まないと」

トンカチが、頭に何度も振り下ろされる。

「だ、誰が出るの」

私の気持ちなんて知るよしもない島崎君は、飄《ひょう》々《ひょう》と答えた。

「映像担当の僕、ブレーンの進藤君、調理担当の渡辺君でチームを組みました」

「ああ！　渡辺、鮎の塩焼きすんごい上手だもんねぇ。釣るより速く、ササッと作っちゃうし」

お可哀そうに、という視線をかさねちゃんは私に送る。

「動画は島崎君に全面的にまかせる。僕は今日の放課後、郷土料理について調べるよ。この町って書店がないから、図書館で調べるしかないな」

男子二人は階段を下りていった。

「あたしも、教室戻ろうっと」

さっさと立ち上がったかさねちゃんに、八つ当たりなのを自覚しながら不満の言葉を投げてしまった。

「なんで……なんで、一緒に出てくれないの？　協力してくれたって、いいじゃない」

「協力？　そんな義理ないでしょ。そもそも、あたしムカついてるし」

ムカつく？　想定外の言葉に、凍りついた。

「あたしだって、夢はあったもん。普通科のある高校に行って、アニメ研に入るって。宇都宮とか……ううん、大田原でも矢板《やいた》でも。学校帰りに本屋に寄って、漫画買って、アニメのDVDとサントラCDチェックするって。でも夢なんて、全部オヤジが打ち砕いてくれたよ。家からチャリで通えるところ以外、許さねえってさ。あたしの頭からしたら、ナカスイしかないじゃん。それなのに、あんたは何？　本屋どころかアニメショップもいっぱいある宇都宮に住んでて、普通高校が周りにいっぱいあって、普通の成績ならいくらでも選択肢あったんでしょ？　それを『普通がイヤだから』ってナカスイにしてさ。月七万もする下宿まで許してもらえて。ふざけんなって感じよ」

反論したいけど、できない。なぜなら、かさねちゃんの言うとおりだからだ。唇を嚙《か》みしめて耐えるけど、涙がにじんでくるのがわかる。

でも、でも私だってかさねちゃんに言いたい。

普通より可愛いくせに。普通以上に料理上手なくせに。平均より身長があって、並よりスタイルよくて。

自分が恵まれていることに気づいてないなんて、お互いさまじゃないの。

「別に、あたしじゃなくていいじゃん。チームを組むのは男子だって学年が違くたってオッケーなんだろうから、探しなよ。本気で出たいんならね。普通じゃないことを目指して、頑張って」

バイバイと手を振って、かさねちゃんは屋上から出ていった。

一人になると、力が抜けた。座ったまま、がっくりと頭を垂れる。

視界が涙でぼやけてきた。誰かに——何かに救ってほしくて、この間アクセスした「青春」の和訳があったサイトを開いてみた。

落ち込んでいるからか、ネガティブな部分に目が行ってしまう。

——長い年月は肌にしわを刻むが、情熱を失えば魂がしぼむ
不安、恐怖、自己不信は心を打ち砕き、精神はつまらないちりとなる——

救われなかった。

私の心はもう木っ端《こっぱ》みじん、精神はつまんないゴミになった。

世界はまた闇に閉ざされて、ゴールデンウイークに突入した。全く何もやる気が起きず、下宿

で寝て過ごしてしまった。田植えの終わった田んぼから聞こえてくるカエルの合唱がそれはそれは賑《にぎ》やかで、思い出はカエルに埋め尽くされた。

連休の谷間の五月二日。文字通り「五月晴《さつきば》れ」が広がる朝イチの授業は、「水産海洋基礎」のはず……だったのだけれど。

ＳＨＲ《ショートホームルーム》に実習服で来た神宮寺先生が、拳《こぶし》を高く突き上げた。

「さぁ、みんなも実習服に着替えましょう。世間様は休みなのに登校する悔しさを晴らすため、今日の水産海洋基礎の授業は、学校の裏山にサワガニ獲りに行きますよ！」

サワガニ？　カニのこと？　なんで裏山にカニが。

見回すと、クラスの反応は見事に真っ二つに分かれていた。かさねちゃんや渡辺君のような「ネイティブ那珂川組」は「今さら面倒くせぇ」「たりー」と、ネガティブ反応。進藤君や島崎君のような「外様組《とざま》」は、大喜びしている。

「裏山でサワガニが獲れるんですか！　宇都宮じゃまず無理ですよ」

「大宮駅近くの僕ん家《ち》は、周辺に裏山すらないです」

どうしよう。「サワガニってなんですか」なんて訊ける雰囲気じゃない。とりあえず実習服に着替え、みんなと一緒に裏山に行った。

さすが五月。豊かな木々の葉は緑に輝き、足元の小さな水の流れは陽《ひ》の光を受けて水鏡《すいきょう》となり、空の青さを映し出している。

「では、みなさん。サワガニについて説明しますよ。なんせ『水産海洋基礎』で、授業ですから」

　生徒たちの前に立つ神宮寺先生は、手をパンパンと叩いた。

「サワガニは日本固有種で、淡水に住むカニです。その名のとおり小川――それも、綺麗《きれい》な水にしかいませんので、水質階級Ｉ『綺麗な水』の指標生物ともなっています」

　驚いた。それが学校の裏山にいるとは！

「この小さな裏山から湧水が生じ――みんなの目の前の流れがそうです。そして、武茂川に注ぐの。わかるわね？　学校の丘を下った交差点に流れているのがそうです」

「先生、交差点のところで武茂川と矢又川《やまた》で分岐してんじゃん」

　自慢げな声は渡辺君だ。ケラケラと、かさねちゃんの甲高《かんだか》い笑い声が響く。

「笑っちゃうよねー。どっかの誰かが、こないだ交差点から矢又川に飛び込んで、校長先生に怒られてたよね～」

「うっせえよ！　大和だってやったろ！」

「小学生のころの話だし」

「はいはい、二人とも静かにしてね。川に生息するサワガニは、一年中涸《か》れることのない細流に定着しています。今日の授業は『ガサガサ』ではなく、素手で採集します。生息箇所をピンポイントで見つけるためですよ。獲ったら、みなさんがそれぞれ持ってきたバケツに入れてください。採集時間は今から三十分です。ではスタート！」

みんなが散らばった。スタートと言われても、私はどれがサワガニなんだかわからない。呆然《ぼうぜん》と突っ立っていると、小百合ちゃんが片手に何か持ってきた。

「こ、これがサワガニ」

早いっ。もう見つけたんだ。小百合ちゃんは私に手をかざした。親指と人差し指で、数センチしかないカニをつまんでいる。きれいな赤茶色で、陽の光を受けてワシワシと動く手や体が透き通るように輝いていた。

「石や岩をひっくりかえすと、いるよ。そっとね」

小百合ちゃんはそう言うと自分のバケツにサワガニを入れて、また沢に戻っていった。

日本固有種ということは、外来種じゃない。せっかく石や岩の陰で休んでいるのに、それを捕まえるなんて可哀そう——。

「見っけー」

「いるよ、そこ！」

クラスメートたちの歓声が響いてくる。

なんとなく目についた大きな石を持ち上げてみると、その下にサワガニの可愛い姿があった。

その瞬間、私の隠れていた「何か」に火が付く。この間のザリと同じだ。人間には「獲物を獲りたい」という根源的な欲求があるに違いない。

無意識に手を伸ばすと、素早い動きで逃げて行ってしまった。

急いで沢に入り、あちこち石をひっくり返す。漬物に使うような大きめの石を持ち上げると、その下に一匹発見した。

「いた！」

五百円硬貨くらいの大きさ。今度こそは絶対逃がさない。

勢いで捕まえてバケツに放り込むと、初めての達成感に心がしびれた。さらなる快感を求めて、本能に支配されたかのようにサワガニの姿を探しまくった。

「はい、三十分。ここまで！」

神宮寺先生の声に、理性が呼び戻される。もうそんなに経ったのか。熱中していると、時間なんてあっという間に過ぎるんだ。

「みなさん、何匹採集したか教えてください」

それぞれにバケツの中を覗き込む。私のバケツには、最初の一匹しかなかった。

「十七匹です」

どよめきの中心にいるのは、やはり小百合ちゃんだった。

「同数です」

さらなるどよめきが起きる。手を挙げているのは、進藤君だ。

「ちくしょー、一匹足りねえ。十六」

渡辺君が、悔しそうにバケツを覗き込んでいる。

「ゼロでーす」

能天気な声は、かさねちゃんだった。同じく、島崎君も手を挙げている。

ほかの子も、ゼロか私と大差ない数だった。

生徒たちの声を拾い上げて、先生はスマホの電卓機能に叩きこむ。

「そうすると合計六十一個体。この沢には、どのくらいのサワガニが生息すると想定されるかしら？　大和さん」

「たくさん」

「芳村さんの意見はどうかしら？」

小百合ちゃんはキリリとした表情で、間髪《かんはつ》を容《い》れずに答えた。

「はい。コドラート法だと、この沢には一平方メートルあたり二個体のサワガニが生息すると想定されます」

コドラート法ってなにー？　という声が生徒から飛んだ。

「進藤さん、説明できるかしら？」

先生と視線が合った進藤君が、すらすらと答える。

「方形区画法とも言います。簡単に言えば、四角形の枠を基盤の上に置き、その中の個体数を数えたり、被度《ひど》を見積もるものです」

「説明聴いたってわかんねえ。いつやったんだよ、そんなの」

ふてくされた声は、渡辺君だ。

「実は、この間部活でね。先生と僕と芳村さんで集めて数えた。君が矢又川に飛び込んで遊んでたときだよ」

知らなかった。ナカスイの裏山に沢が流れていることも、それが校舎の前の川に流れ込んでいることも、サワガニがいることも。いや、サワガニが何かすら……。

先生は、沢に視線を向けながら続けた。

「こんな低い裏山だけど、自然があります。この小さな世界にも、様々な生物が確かに生きていて、私たち人間の生活や活動にうまく順応しながら代を重ねていることを知ってちょうだいね。そして、ナカスイの生徒たちには、普通の人が見過ごしてしまうような自然や生き物に目を向けられる人でいてほしい。以上、本日はそのための特別授業でした！　決してサボりじゃありませんからね」

生徒たちから拍手が起きた。フルマラソンをゴールした選手のように、先生はみんなに手を振って応じている。

「先生、このサワガニどうするんですか」

島崎君が、隣にいる進藤君のバケツを指さした。

「外来種じゃないから沢に戻せるわよ」

思考回路を通さず、言葉がポロリと口から出る。

「食べてもいいんですか」

自分で自分の言った言葉に驚いた。思わず口を押さえる。なんでこんなこと言っちゃったんだろう。みんなの視線が痛……。先生は、両手で大きな丸を作った。

「もちろん。今って、サワガニの旬なのよ。もうちょっとすると、産卵時期だから味が落ちちゃうの。みなさん、鈴木さんにオススメの食べ方を提案してみて」

いちばん早く手を挙げたのは、小百合ちゃんだった。

「寄生虫がいるから、生食は厳禁です。素揚げが普通ですが、栃木だと素焼きも有名です。中身をほじって食べるので、量は少ないですが」

意外なことに、かさねちゃんも手を挙げた。

「あたしは味噌汁推《お》し。今から泥抜きすれば、明日の朝食に間に合うよ。オヤジもサワガニ好きだから、なんか作ってくれると思うけど」

食卓を想像したら、サワガニ料理の妄想が止まらない。下宿に帰ったら泥抜きしようと心に決めた。


その日の放課後。

離れの外にある水道で、サワガニの入ったバケツにホースで水を注ごうと準備をしていたら、普段着姿のかさねちゃんが来た。

「お、いっぱいいるね。みんなサワガニくれたんだ。まぁ、那珂川っ子は食べ飽きてるしね。そのへんの畑で歩いてるし」

あまり引きずらない性格なんだろうか。普通に話しかけてくるかさねちゃんに、ドギマギした。

希望、勇気、活力。あの詩に出てくる単語が脳内を乱舞する。

ダメ元だ。勇気を出して言ってみよう。

「あ、あの……かさねちゃん。その、ごめんね。普通から脱却したくてナカスイに来たなんて言って。だけど、今日のサワガニの授業は正直感動した。今まで、山や川に何が住んでるかなんて気にしたことなかったもん。その、うまく言えないけど、こんな授業があるなんて、ナカスイっていいなと思うようになった」

「へぇ」

目玉がこぼれるんじゃないかと思うほど、彼女は目を見開いた。

「じゃあ敬意を表して、あたしも出ましょうかね」

「何に」

「ご当地おいしい！甲子園」

急展開に、頭がついていかない。

「な、なんでまたいきなり」

弾《はじ》けんばかりの笑みを浮かべ、かさねちゃんは言った。

「さっき、『楓女子高校　屋上お弁当クラブ』の最終回を観たの。ホームシックを克服したルイーズと柚が、高校生お弁当選手権に出場して日仏合作の弁当で優勝したんだよ。そのシーンが感動的でさ。あたしも、なにか食の大会に出たくなった」

なんだ、その理由。力が抜けそうになった。

「だけど、芳村さんの説得は自分でやってよね」

「も、もちろん」

「サワガニ逃げてるし」

足元を見ると、バケツからあふれ出した水に乗って、サワガニが集団脱走をしていた。

「ああ！　明日の朝ごはんが」

かさねちゃんと二人、大笑いしながらサワガニをかき集めた――。

親愛なるママ
ナカスイに入学して、一か月が経ちます。

普通では体験できないことがいっぱいで、だんだん楽しくなってきました。

今日の朝ごはんは、授業で獲ったサワガニを使い、大和のオジさんが『サワガニフルコース』を作ってくれました。サワガニの素揚げにサワガニの味噌汁、サワガニの炭火焼き、サワガニの炊き込みご飯です。

揚げたサワガニは甲羅がサクサクして、食べてて気持ちよかった。味噌汁や炊き込みご飯は、とても清らかなカニ風味です。サワガニがいる県に住みながら、今までの人生で食べたことがなかったことにビックリです。

こんな感じで毎日充実しているので、心配しないでください。してないと思うけど。旅行のお土産をお待ちしてます。

さくら

サワガニ料理を食べすぎて思い切り膨れたお腹をパンパンと叩きながら、やっとの思いでママへの手紙を書き終えた。イヤミったらしくサワガニフルコースのイラストも描き、封筒に切手も貼ったし、あとは出しに行くだけだ。

母屋のオバさんに郵便局まで車に乗せていってもらおうかと思ったけど、あまりにも胃が苦しい。少しはカロリー消費しないと、と思って自転車で行くことにした。庭で自転車にまたがりスマホにナビを設定していると、スウェットにジーンズ姿のかさねちゃんが来る。

「なに、どこ行くの」

「郵便局」

「案内しよっか？　あたしも腹ごなしにチャリ漕《こ》ぎたい」

意外な申し出に驚いて、思わず何度も首を縦に振ってしまった。

郵便局までは下宿から二キロくらいだから、自転車なら十分くらいで着くはず。のんびりサイクリングと考えていたけれど、かさねちゃんの漕ぎ方は「ガチ」だった。そういや、自転車のロードレースアニメにハマったとか今朝言ってたっけ。

私はひぃひぃ言いながら、必死についていく。

那珂川町の人口は一万五千人ほどだと校長先生が言っていた。中心街と言っても、一、二階建てのほのぼのとした建物が道路の両脇に並んでるくらいで、行き交う人も少ない。

手紙を郵便局のポストに投函《とうかん》し、帰ろうとしてふと思い出した。

「ねえ、かさねちゃん。神宮寺先生の好きな場所って確か、若鮎大橋と若鮎大橋西交差点だよね。自転車で行ける距離なの?」

「ここから近いよ、行く?」

「うん」

再び「ガチ走り」をするかさねちゃんに、必死についていく。

「ねぇ、近いってどれくらい」

後ろを走る私を振り返らず、かさねちゃんは大声で怒鳴《どな》った。

「四キロ! ひたすらまっすぐ」

「全然近くないよぉ!」

観光客の車であふれる「道の駅ばとう」を左に見ながら通り過ぎ、気づいた。

この道って入試のときも、入学式のときも通ったんじゃないか。

ということは、その橋も渡っているはず。なんで気づかなかったんだろう。助手席でスマホいじってたからかな。

市街地を抜けると田んぼばかりだ。ときどき、レストランや商店がぽつりぽつりと現れる程度の単調な眺めに飽きてきたころ、しっとりと水分を感じる空気と共に「それ」は目の前に現れた。

山と青空を背負った、大きな橋。五月晴れの空に伸びていく虹みたいだ。橋を目指して坂を上っていくと、川を遡《さかのぼ》る若鮎のような気持ちになった。

「歩くよ！」

かさねちゃんと自転車を降りて、（なぜかある）馬の像を通り過ぎながら橋のたもとに行ってみると確かに「若鮎大橋」と表示があった。

若草色の欄干の隙間を、風がひゅうひゅうと吹きぬけていく。

歩道を進みながら下を覗き込んでみた。高所恐怖症じゃないけど腰のあたりがひゅんひゅんした。

広い川が、はるか下を流れている。

どこから来てどこへ行くのかと、視線をめぐらした。

遠くに見える山の間から流れは現れ、透明な蛇のようにうねり、また別の山へと向かっていく。

太古の昔から生息する古代生物みたい。でも、これが……。

「これが……那珂川なんだ」

かさねちゃんは、目を丸くして振り返った。

「え、いま知ったの？」

「キレイだねえ……！」

思わず、感動の言葉が出た。私が見たことがある川と全然違う。流れる水が、限界まで透き通っている。きらきらと太陽の光を反射する水面に魅せられながら、ゆっくりと橋を渡った先には信号と、「若鮎大橋西」と表示のある交差点があった。神宮寺先生が愛する場所だ。

信号のところに、青い道路標示があった。上——進行方向に、「宇都宮　さくら」と書いてあった。

「なんかさ。『さくら、宇都宮へ帰れ』って書いてあるようじゃない？」

かさねちゃんは標示を指さし、私を振り返ってにやにや笑っている。

そうか、このまま進むとさくら市と宇都宮市だから。でも——。

「うるさい」

絶対帰らないし、という言葉は心の中でつぶやいた。ついでに、「昨日の夜、『楓女子高校　屋上お弁当クラブ』の最終回をユーチューブで観てみたけど、大会に出るなんてエピソードは全然なかったよね」という言葉も心の中に留めておいた。

アニメに影響されたってことにしたのは、きっと彼女の照れ隠しなんだろう。


サイクリングついでに、先生への報告がてら実習棟に行った。休日にいるはずないと思ったら、かさねちゃん情報によると先生は鮎の顔を見に毎日来ているらしい。

私だけトイレに寄り、教員室のドアを開けようとしたら先生とかさねちゃんの声が漏れてきた。

「まあ！　大和さんも『ご当地おいしい！甲子園』に出るの」

「うん。でもあの子、芳村さんにまだ話してないみたいだから、出場できるかは謎《なぞ》だけど」

「あなたが出たいなんて、最近観たアニメにでも影響されたの？」

さすが見越している。でも違うんだよ、先生。

「違うよ」

ほら、やっぱり。実は私への思いやり……。

「なんとなく大会の公式サイトを観たら、ビックリ！　会場が池袋《いけぶくろ》調理・製菓専門学院なんだもん。池袋ってアニメの聖地なんだよ。アニメショップもいっぱいあるの！」

まさか、それが目的なのでは。

「大会で池袋に行く分には、オヤジも文句言わないし。公式派遣なら、旅費も学校から出るんでしょ？　いいことずくめじゃん。大会はあの二人にまかせるんだ。あたしは体力温存して、終わったら池袋で遊ぶ。しかも、予選も決勝も池袋ってことは、頑張れば二回も行けるってことじゃん！」

なんだそりゃ。軽く目まいがした。

でも、いいや。大会に出てくれる気になっただけで。明確な目的があるからには、途中離脱もないだろう。

次なる攻略対象は、小百合ちゃん。はたして、首を縦に振ってくれるのだろうか。

第三章　シジミそうめんは夏への扉

　水産研究部の部室は、実習棟のいちばん奥にある。

　広さは普通の教室の半分くらいだけど、実験器具の棚や水道のある実習台が理科研究室の雰囲気を漂《ただよ》わせ、アカデミックなムードを盛り上げていた。その部屋には今、十二人いる。

　そのうちの一人、タイトスカートから伸びる長い脚を組んで椅子《いす》に座る神宮寺先生は、目を光り輝かせていた。

「嬉《うれ》しいわぁ。今年の部員は十一人も！　三年生が三人、二年生が二人だから、一年生は一人だったらどうしようと思ってた」

　黒板には「五月九日開催　水産研究部総会」のタイトルと、その結果と一言自己紹介が白いチョークで書かれていった。

・部長　　3年　安藤里奈《あんどうりな》　魚の内臓請負人《うけおいにん》
・副部長　3年　桑原瑠璃《くわはらるり》　魚専門絵師
・監事　　3年　石塚剛志《いしづかたけし》　ガサガサ命

・書記　2年　浜田純一《はまだじゅんいち》　漁具マニア
・会計　2年　吉沢《よしざわ》スバル　タニシLOVER
・一般部員　1年　渡辺丈　釣り★バカ
・一般部員　1年　進藤栄一　水産官僚（予定）
・一般部員　1年　島崎守　ユーチューバー（見習い）
・一般部員　1年　芳村小百合　魚は友だち
・一般部員　1年　大和かさね　ギャル
・一般部員　1年　鈴木さくら　普通

安藤部長はポニーテールを揺らしながら黒板の横に立ち、浜田書記が書き終えるのを待って拍手をした。

「役職も決まって、すっきりしました。今年の一年は大漁ですね、先生」

「うふふ、『ご当地おいしい！甲子園』のおかげね」

キャッキャとはしゃぐ先生と部長を横目に、私は部室の隅《すみ》で落ち込んでいた。なんで水産高校に来てさらに水産研究部に……。理由は一つ。

「この大会に応募するには、わが校だと部活動としてなの。さらに言うには、それが該当するのは水産研究部なのよね」

と、神宮寺先生に言われたからだ。

ああ、放課後まで魚に染まるのか——と覚悟したものの、水産研究は名目だけ。部員それぞれが、好きなことをして過ごしていた。

「見ろよ、このうちわ、母ちゃんに作ってもらったんだぜ！」

「その平成バブルなデザインじゃ、ライブ会場で浮きそうじゃないですか」

渡辺君はハマっているアイドルグループ「薔薇《ばら》少女軍団」のライブに行くのが夢だとかで、新曲の振り付けをマスターすべくミュージック・ビデオを島崎君のスマホで流してもらいながら練習している。

アイドルよりも魚類が好きなのか、島崎君は冷めた目で画面を見ていた。

「このグループのメンバーって、十人もいるんですか。この中で、渡辺君の『推《お》し』は誰なんです」

「あかぴょん」

「どの子ですか。みんな同じ顔に見えるんですけど」

「失礼なこと言うんじゃねえよ！　小松原《こまつばら》茜《あかね》ちゃんに決まってんだろ。ほら、このロングヘアの子。なんと新曲はセンターだぜ」

「ちなみに、推しポイントはなんですか。釣り好きとか？」

「違《ちげ》えよ！　チャームポイントの大きい目に決まってんだろ。ミヤコタナゴみたくて可愛いんだよなぁ。母親がアメリカ人で、英語もペラペラなんだぞ。ああ、早くライブに行って生で観てみてぇ」

あまりに騒ぐので気になり、渡辺君に気づかれないように「薔薇少女軍団」をスマホで検索してみた。メンバーは全員、私たちと同い年。昨年デビューし、今年ブレイク候補筆頭のアイドルグループとある。ついでに本拠地が池袋のライブハウスだと知り、渡辺君が「ご当地おいしい！甲子園」を目指す理由を察した。オマケで「ミヤコタナゴ」も検索してみると、「昭和四十九年に国の天然記念物に指定された、わが国固有の淡水魚」と出てきた。確かに、クリッとした目が似ているかもしれない。

小百合ちゃんは雑談に一切興味を示さず養殖池の魚の世話に行ってしまうし、かさねちゃんは早々に幽霊部員と化していた。進藤君は神宮寺先生と二人でディープな水産談議に励んでいる。先輩方も似たようなもので、特に自分で目標を決めない限りは帰宅部と大差ない活動実態だった。

覚悟したよりは、楽な部活かも。でも、私にはしっかりとした目標がある。もちろん「ご当地おいしい！甲子園」に出場することだ。それには、小百合ちゃんを説得しなければならないのだけど……。いつ、彼女にアタックをかけるのか悩ましい。学校か、下宿か。まずは部活の時間を利用してみることにした。

実習場に行って姿を探すと、小百合ちゃんは屋内の養殖池のほとりに座り込み、傍《かたわ》らに立つ実習服の若い男性と話している。あれは、実習教員の前田《まえだ》先生だ。

水産高校や農業高校には、教員とは別に「実習教員」がいる。授業や実習の補助、施設の管理などをする公務員なんだそうだ。その一人である前田先生が私に気づき、小百合ちゃんに教えたらしい。彼女は目を丸くして振り返った。

養殖池には小さい蓮《はす》の葉みたいな水草が広がっていて、その前に座りこんでいる小百合ちゃんは親指姫みたいな可愛らしさがあった。

「お邪魔なようなんで、ボクは失礼するね」

手を振って出ていく先生を二人で見送ると、小百合ちゃんは怪訝《けげん》そうに私を見た。

「……どうしたの」

「あ、あの小百合ちゃん。ご当地の料理とか、興味ない？」

「……作ること？　食べること？」

「両方！　もちろん、魚料理だよ」

小百合ちゃん向けのパワーワード「魚」を入れてみた。

「ある……」

キター！　効果はてきめん。私は飛び上がった。

「ねえ、『ご当地おいしい！甲子園』に一緒に出てみない？　昇降口にポスター貼ってあるでしょ。全国の高校生が、ご当地料理を考案して競うの。地区予選も決勝も池袋だよ！　大都会！」

言ってから思い出した。彼女は東京の、しかも新宿区《しんじゅく》出身だ。かさねちゃんとは違って都会で遊べるアピールが効果を発揮するはずがない。

しかし、「魚料理」の効力が持続したのか、小百合ちゃんは立ち上がって私を見た。

「……大会ってなにするの」

「公式サイトに去年の決勝動画があってね。観てみたんだけど、調理室で料理を作ったら三分間のプレゼン動画を会場で流したあとに、ライブで一分間の自己プレゼン。で、五名の審査員の先生に料理を配膳して、講評を聴く」

「無理、無理だよ」

小百合ちゃんは首を横に振った。

「みんなが見ている前で料理とか、自己プレゼンとか……無理」

「大丈夫だよ。そのあたりは、私にまかせて！」

無言で私の脇をすり抜け、小百合ちゃんはそのまま屋内養殖棟から出ていってしまった。

「鈴木さん、無理強《じ》いはよろしくないわね」

入れ替わりに、厳しい目の神宮寺先生が入ってくる。外で聴いてたのなら、フォローしてくれればいいのに。

「だって、だって……。三人そろわないと大会に出られないじゃないですか」

「別に、芳村さんでなくてもいいでしょう。部員には、三年生だって二年生だっているんだから」

そりゃそうですけど、せっかく一年生に女子が三人いるんだし。と反論しても、先生からさらなるお説教を受けるのが目に見えたので、その場は無言で切り抜けた。

もう一度アタックだ。今度は下宿で彼女を説得してみるつもりだったけど、あの頑《かたく》なな心を動かす手段が思いつかない。

どうしようと悩んでいる間に、日々は過ぎていく──。

校内締め切り十日前の、五月二十日金曜日。

予想最高気温は三十度近くて、初夏を通り越したような暑さだった。

校内は朝から落ち着かない。三年生だけの行事「那珂川カヌー訓練」があるからだ。ナカスイの代名詞ともいえる有名イベントで、メディア取材も入るらしい。

一昨年《おととし》までは一泊二日で那珂川町から茨城県城里町《しろさとまち》まで約四十キロを下るコースだったけど、去年からはコロナ禍《か》の影響で、隣の那須烏山市まで十二キロの区間を四時間かけて漕《こ》いで終了なのだとか。

行事に出ない一・二年生は、ナカスイ公式ユーチューブチャンネルで実況されるカヌー訓練を各々《おのおの》のスマホで観ている。ほとんどの先生方が引率に行ってしまうので、半日教室で自習なのだ。基本的に教室にいろと言われているのだけど、当然ながらみんな好きな場所に移動していた。なぜか、水産研究部の一年は全員部室に来ている。

「水産研究部の可愛い後輩たちよー!　行ってくるね!」

ヘルメットを被《かぶ》りライフジャケットを着た安藤部長が、河原でパドルを片手にカメラに手を振っている。カメラ係は神宮寺先生だったっけ。

「僕たちが三年になるころには、一泊二日に戻っているといいですね」

渡辺君の隣で一緒にスマホを覗《のぞ》き込んでいる島崎君が、ボソッとつぶやいた。

「やだぁ、疲れるし。日帰りで充分だよ。むしろサボりたい」

スマホ片手に実況ではなくアニメを観ているかさねちゃんが、イヤそうに首を振る。

「でも、この行事が三年生の華だろ。終わったら、受験勉強なり就職なり本気モードに突入だし。どうせなら、一泊二日で思い出いっぱい作りたい気がする」

実況よりも学問に興味があるのか、スマホは観ずに研究報告書を読んでいる進藤君はそう言うと、頬《ほお》をポリポリ掻《か》いた。

就職、大学受験——まだ一年だし、何も考えられない。

独《ひと》り言がまた口から出てしまったらしく、進藤君が私に視線を向けた。

「鈴木さんは、将来何になりたいの」

言葉が出ない。

将来の夢？　言われてみれば、あらためて考えたことがなかった。なんせママに「さくらは、一歩先しか見ていない。二歩、三歩先を考えなきゃダメ」って言われているくらいだし。

固まっている私を見限ったのか、進藤君は小百合ちゃんに視線を移した。

「芳村さんは、やっぱり水産大学に行きたいの？」

小百合ちゃんは実習台に置いてある水槽をじっと見ていたけれど、ふと寂しげに視線を下に落とす。

「……入試は無理……。会場、人がいっぱいでしょう」

「推薦があっぺよ」

渡辺君が、いきなり栃木弁全開になった。

「成績……水産以外は全然ダメだもの」

「大事《だいじ》だんべ。何かスゴイのがあれば」

「ダイジ？」

眉《まゆ》をひそめる小百合ちゃんに、進藤君が慌《あわ》てて説明した。

「大丈夫って意味。栃木弁だよ」

栃木弁なんだ。標準語かと思って使いまくっていた。

「……全然大丈夫じゃないよ。魚が好きなことしか、何もスゴイものなんてないから」

「あ、そうだ！」

思い出したように叫び、島崎君がスマホをいじりだした。

「去年、『ご当地おいしい！甲子園』で優勝したの、確か熊本の子だったはずです。それを武器に、どっかの有名大学にＡＯ入試で合格したような」

彼が示した画面には、去年の優勝高校の公式サイトが出ていた。ＰＤＦの学校だよりを開くと、優勝のおかげでＡＯ入試に合格できましたというインタビュー記事が掲載されている。

小百合ちゃんは興味を示さず、水槽に視線を戻した。ダメか。

「あんたさ、芳村さんの水槽に何がいるかわかる？」

相変わらず、かさねちゃんは私の名前を呼ばない。ムカつきながらも、妙に気になって水槽を覗いてみた。しばらく眺めたけど、薄く緑がかった水は全く動きがない。

「わかった、ひっかけ問題でしょ。正解は『何もいない』」

「シジミがいる」

小百合ちゃんの言葉は予想外すぎた。

「魚屋さんで買ってきたの？」

「この間の日曜日、学校近くの用水路で獲ったの」

小百合ちゃんの目は、いたって真面目《まじめ》だ。でも私には冗談としか思えない。

「なんでこの辺にシジミがいるの。いくら私だって知ってるよ。シジミの名産地が島根県の宍道《しんじ》湖《こ》だって。あそこは汽水湖なんでしょ。海水と淡水が入り混じってる」

「シジミにもいろいろ種類があるんだよ」

そう言いながら進藤君が来て、水槽を覗き込んだ。

「これは、マシジミっていって淡水に棲《す》むシジミ」

「えええええ！　味は？」

無意識に言って気づいた。私って――。

「鈴木って、食い気すげえなぁ。いつも食べる話にもってくもんな」

渡辺君の言葉に、頬が熱くなるのを感じる。もしかして私って実は、「普通」以上の食いしん坊なのでは。

あくまでもジェントルマンな進藤君は、優しい目で私を見た。

「ちょっと味は薄めだけど、普段食べてるシジミと同じだよ。海なし県仲間の滋賀県だって、琵《び》琵琶湖《わこ》の『セタシジミ』っていう淡水シジミがご当地食材で有名だし。実は、宇都宮でもシジミが獲れる場所あるんだよ」

「うそ！」

「でも、たぶん臭くて食べられないと思う。このあたりのシジミだったら、水質も良いし大丈夫だと思うけど」

知らなかった。海なし県にシジミがいるなんて。思わず水槽をかじりつくように眺めた。水槽の底には砂が敷いてあって、言われてみれば確かに小さな貝がゴロゴロいる。ただ、私が知っているシジミよりも色は薄くて黄土色に近い。でも――。

「ねぇ、小百合ちゃん。水、もう少しキレイにしてあげたら？　シジミが可哀そう」

間髪を容れず、渡辺君の声が飛んできた。

「そっちの方が可哀そうだろ。マシジミの餌《えさ》は、植物性プランクトンだぞ。緑色の水がそれなの！」

私の頬が、再び熱くなった。知らないんだもの、仕方ないじゃないか。

「……マ、マシジミは、こういう緑に染まった水を、透明にろ過してくれるの。水槽の掃除屋って呼ばれてるよ。水槽の水質浄化用のマシジミが売られていることもあるし」

かさねちゃんはツインテールの右側をもてあそびながら、思い出したように言う。

「そういや、万葉集にもシジミ登場するんだって。数字の四、時間の時、美しいで『四時美《しじみ》』。あたし、あやうくオヤジに四時美って名付けられるところだったらしいし。オヤジああ見えて、実は文学好きなんかね」

目を閉じ、進藤君は歌うように口に出した。

「住吉《すみのえ》の　粉浜《こはま》の四時美　開けも見ず　隠《こも》りてのみや　恋ひ渡りなむ――だね」

なんだ、この人たちは。なんでこんなにスラスラと。

私は唖然《あぜん》とするばかりで、話に加われない。

我関せずスマホを見ていた島崎君が、ボソッとつぶやいた。

「みなさん、今日の趣旨をお忘れじゃないですか。実況観ましょうよ。生徒が全然映ってないですけど。進行方向の川の風景ばかりですね。神宮寺先生、ぜったい先頭を突っ走ってるんですよ」

かさねちゃんの賑《にぎ》やかな笑い声が、無機質な部室に響き渡った。

「先導はアウトドア部のカヌーが得意な子か、引率の教員かどっちかなんだよ。今年の三年にカヌーでインターハイ出た人がいるはずだけど、神宮寺先生が譲らないんだね」

午後になるとゴールした三年生たちが次々に学校に戻り、安藤部長たちはテンション高く部室にやってきた。

「おめでとうございます！　無事ゴールですね」

「先輩たち、おつかれさまです！」

二年生も部室に来て拍手で出迎え、ジュースで乾杯する。

濡《ぬ》れた髪をほどいている安藤部長は、涙でうるんだ目を手で拭《ぬぐ》った。

「すごい疲れたけど、めっちゃ良かった。でも終わっちゃったよ」

「う、うん……青春も終わっちゃった気分。も、文字通りゴールなんだ」

桑原副部長は声が詰まり、うまくしゃべれない。

二人は抱き合って、わんわんと泣き出した。

監事の石塚先輩は笑い泣きしながら、二年生と一緒に二人に花吹雪《はなふぶき》をかけている。部長は涙と鼻水にまみれた顔で、石塚先輩を振り返った。

「石塚君も、沈《ちん》したときに助けてくれてありがとう。私、みんなと一緒で本当に良かった」


努力、涙、その先に待つ笑顔。それらをつなぐ友情という絆《きずな》。

青春だ。これこそが、私が求めているもの。

先輩たちの姿を眺めながら、みんなに悟られないように目頭をそっと拭った。

こういう学校行事も青春なんだ。だったら、別に無理して「おいしい!甲子園」に出なくていいのかも。

でも、あの詩には「たやすいことに逃げるな」とあったような。

「どうするかなぁ」

放課後、ため息をつきながら下宿に向かって自転車を漕いでいると、後ろからかさねちゃんが追いついてきて並走した。

「ねえ。どうすんの、甲子園。もう時間ないよ」

「な、なんとかするよ」

「じゃあ、今日きっちり決めて。あたしだって、そうそう待ってられないんだから」

そう言うと、あっと言う間に自転車で走り去った。相変わらずの「ガチ走り」だ。

そうだ。言い訳をひねりだして、たやすいことに逃げてはいけない。「ご当地おいしい！甲子園」に一年の女子三人で出場する。小百合ちゃんとかさねちゃんと私で泣いて笑って、青春するんだ。

今晩、下宿で小百合ちゃんを説得しよう。そう心に決め、自転車を漕ぐ足に力を入れた。


田の字型の間取りで、彼女の部屋は私の部屋の対角線にある。自分の部屋で夕食を食べた後、隣の広間に入り小百合ちゃんの部屋に続く襖をノックしてみた。

「小百合ちゃん？　さくらだけど。部屋に入ってもいいかな？」

しばらく（体感では一分くらい）沈黙が続いたあと何かを片付けるような音がして、消え入りそうな声で「どうぞ」と聞こえた。失礼しますと念のため断ってから襖を開ける。

息を呑んだ。原因は本だ。魚関係の本が、畳を埋め尽くしている。

さっきの音は、小百合ちゃんが「通路」を作ってくれた音のようだ。私は、襖から座卓へと向かう「けものみち」のような通路を進んだ。

シジミの水槽が、座卓の上に置いてある。明日は土曜日で学校が休みだから連れてきたのか。

パジャマ姿の私は、学校のジャージを着た小百合ちゃんの向かいに正座し、ちょっとわざとらしく水槽を覗いた。

「うん、すごいね、シジミ。本当にすごい」

何がすごいのかはさておき、とりあえず褒《ほ》めまくる作戦に出た。

「そもそも、小百合ちゃんもすごいよね。なんで、そんなに魚に詳しいの」

「……好きだから」

そりゃそうだ。なんてアホな質問をしてしまったんだ。

「好きになったきっかけって、あるの？」

しばらく黙ったあと、床に散らばっている本の中から、子供用の「魚図鑑」を取り出した。その状態は、何度も何度も数えきれないほど読まれたことを物語っている。

「……私、小学五年生から学校に行ってないの」

「え」

「同じ学年の女子に毎日毎日学校でイヤなこと言われて……。学校に行くことを考えるだけで、息がつまって足が動かなくなった。お母さんやお父さんは、小百合がつらいなら、無理に行かなくていいって言ってくれて……」

小百合ちゃんは愛おしむように、本を撫《な》でた。

「家にずっといるようになったら、この図鑑をおばあちゃんがプレゼントしてくれたの。人間の世界は考えないで、お魚の暮らしでも眺めてごらんって。毎日読んでたら、魚っていいなぁって、うらやましくなった。水の中で暮らしてるから、イヤなことは聞こえないでしょ」

ああ、やっちゃった、私。ものすごい自己嫌悪感が襲ってくる。

「それで魚に興味を持ち始めたの。お母さんやお父さんも喜んでくれて、いろんな魚の本を買ってくれたり、水族館や、川や海にもいっぱい連れていってくれた。中学も行けないなら行かなくていいよ、お母さんが全部教えてあげるからって。高校も無理だと思ってたけど、検索してたらナカスイを知ったんだ。推薦入学があって、県外の生徒でも受験できて、下宿の制度もある。なによりも、私みたいな不登校の生徒でも受け入れてくれる。ここなら、行けるかもしれない。毎日魚のことを勉強できるのかもしれない。昔の私を知らない人ばかりなら、教室に入れるかもしれない。魚が好きな人ばかりなら、私が息を吸える世界かもしれない。お母さんにそう言ったら、すぐナカスイを見に連れていってくれた。実習場を覗いたら、鮎《あゆ》の養殖池のところに神宮寺先生がいたんだ。ナカスイの志望理由を言ったら、『ようこそ。ここは、あなたの世界よ。大丈夫、魚が好きならナカスイはそれだけで十分。この学校に来て、私と一緒に魚たちの世話をしてくれたら魚も私も嬉しいわ』って笑ってくれた」

私は何も言えず、シジミの水槽を見つめていた。小百合ちゃんの顔を見ることができない。ただ、彼女の息が荒くなっていくのがわかる。

「だ、だから鈴木さんみたいな人がいてびっくりした。魚に興味がないのに、ナカスイに来たんでしょ？　普通に学校に通えてたのに、普通がイヤって、私にはよくわからない。なんで普通がダメなの。私は、なりたくても絶対無理なのに」

「ごめん……」

どうやって謝ればいいのかわからない。

なんて思い上がっていたんだろう。自分の勝手な青春のために、こんな繊細な子を振り回そうとしていたなんて。

雰囲気が重くて、いたたまれなかった。もう小百合ちゃんを説得できないし、私にはその資格もない。だけど、出ていくタイミングがつかめない——。

小百合ちゃんも雰囲気から逃れるためか、スマホをいじり始めた。

「お邪魔～。芳村さん、起きてるかーい」

かさねちゃんの甲高《かんだか》い声と、玄関の戸がガラガラ開く音が響く。驚いて思わず腰を浮かすと、部屋着姿のかさねちゃんが入ってきた。私がいることが意外だったらしく、素《す》っ頓狂《とんきょう》な声をあげた。

「あんた、なんでここにいんの」

「だってここは、私と小百合ちゃんの下宿だし」

なんかムカついて、手でシッシッと払った。

「用があるのは、あんたじゃないの。芳村さん、そのシジミさ、あたしに売ってくんない？」

小百合ちゃんは目を見開いた。

「何に使うの？」

「そうめん」

「なんでシジミがそうめんなのさ」

思わず声が出てしまった。

「今ね、春アニメの『漕げ、麺ロード！』にハマってんの」

「もしかして、こないだ言ってたやつ？　イケメンの男子部員が自転車に乗って、どうのこうのとかいう」

「そう。琵琶湖が舞台なの。滋賀は全国有数の小麦の産地なんだって。で、地元の高校に『琵琶湖自転車一周部』っていうのがあって、部員が小麦粉を使ったご当地麺類を食べて琵琶湖の周りを自転車漕ぎつつ、地元の活性化を模索していくの」

そうか、理由がわかった。

「最新話が、そうめん回だったんだね」

「そうなの！　さっき配信で観たばっかり。琵琶湖のセタシジミを使ったシジミそうめんが出てくるんだけどさ、めっちゃウマそうで。いま食べなきゃあたしの人生先に進めない。お願い、そのシジミ売って」

小百合ちゃんは、あっさりと水槽を差し出した。

「あ、あげる……。タダで獲ったものだし」

「うれしー！」

かさねちゃんは、水槽を抱きしめてほおずりした。

「じゃあさ、今からここで作るから夜食に食べようよ。みんなで」

さっき、夕食にとんかつを食べたばかりだ。でも、かさねちゃんの甘い誘いは、首を縦に振らずにはいられないものだった。

作り方は簡単で、シジミで出汁《だし》をとった汁を冷まして麺つゆを入れ、茹《ゆ》でて冷水で締めたそうめんを深めの器に盛り、汁をかける。それだけのものだった。それだけなのに……。

口に運ぶお箸《はし》が止まらない。感動して、私はそうめんを箸でつまみあげてマジマジと眺めた。

「すごいね、これ。液体に変身したシジミを、そうめんが橋となって口に導く感じ」

「あんたの食レポって、なんか独特だね」

そう笑いながら、かさねちゃんはあっと言う間に汁を飲み干した。残った殻を、彼女は箸でつつきながらため息をつく。

「でも、殻が麺に絡《から》んで、除《よ》けるの邪魔だったね。初めに身を全部出してしまうのと、どちらが面倒か。うーむ」

「マシジミ、どうもありがとう。ごちそうさまでした」

お箸を置いた小百合ちゃんは、空になった水槽に向かって手を合わせる。

シジミもそうめんも、それぞれ単体では今まで普通に食べてきたものだ。でも、二つを合わせるのは生まれて初めて。普通の素材が出会うだけで、こんな奥深い料理になるとは。その滋味パワーは私の心の燃料になってくれたようで、言わなければならないことを言えた。

「小百合ちゃん、ごめん。確かに私、魚に興味ないのにナカスイに来た。でも、先生や小百合ちゃんにいろいろ教えてもらって、魚の種類や個性や魅力に気づけた。たぶんナカスイに来なければ、シジミそうめんも一生食べずに終えていたと思う。なので……来て良かったと思います。この下宿にも」

「なに、なんか粗相したの、あんた」

したんだよ！　とは言えずに、ただ下を向いていた。

「……ね、これいいんじゃない？　『ご当地おいしい!甲子園』に」

心臓が跳ねる。声の主は小百合ちゃんだ。

「え？　え？」

思わず、彼女を二度見した。

小百合ちゃんは、ちらちらと私を見る。

「……優勝すれば、大学に推薦で行けるかもしれないんでしょ。私、ナカスイに来て、毎日がとっても楽しい。こんな日が来るなんて思ってなかった。神宮寺先生に、全国から魚好きのツワモノが集まる水産大学に行ったら、もっと楽しいかもしれないわよ――って言われた。私、水産大学に行ってもっともっと魚の勉強をしたい。その足掛かりになるように、甲子園に出たい」

「先生にいつ言われたの」

「何日か前」

それなら、なんでもっと早く出るって言ってくれなかったんだろう。

「うん、いいかもねぇ。シジミそうめん。なんたる偶然。アニメの神がもたらした奇跡だわ、これは」

妙に、かさねちゃんが棒読みなのが気になる。もしかして――。

二人は示し合わせていたんでは。

かさねちゃんは、小百合ちゃんが神宮寺先生のアドバイスを受けて大会参加に心が動いたのを知った。しかし、そのまま素直に参加させたのでは、よろしくない。なぜなら、私がアホで、小百合ちゃんの気持ちも事情も何も知らないから。つまりは、無神経にアレコレ傷つける可能性が高い。

アニメの内容は、配信前から公表されているはず。シジミそうめんが出ることをわかっていて、かさねちゃんが小百合ちゃんにシジミを獲りにいけと言っていたのでは。

そういや、小百合ちゃんがスマホをいじったら、タイミングよくかさねちゃんが来た。LINEか何かで呼んだのかもしれない。

私がシジミそうめん食べることで、なにか「気づき」を得るか。それが、小百合ちゃんとかさねちゃんのテストだったのかも。

……いや、すべては偶然。神のお導きなんだろう。

私も冷静になったのか、ふと思った。

「でもさ、滋賀のご当地料理じゃダメじゃない？　何か、那珂川オリジナルを感じさせるものじゃないと。それに、男子チームはきっとスゴイの出してくるよ。なんせ、ブレーンはあの進藤君だから……」

「ま、あんたも疲れたでしょ。また明日考えよう」

それもそうだ。今日はここまで。

外の空気が吸いたくなって、母屋に戻るかさねちゃんと一緒に外に出た。

夜空を見上げると、宝石箱をひっくり返したように輝きが散らばっている。宇都宮の自宅じゃ、こんな空は絶対見られない。しかし見慣れているのか、かさねちゃんは無反応であくびをしている。

「ねえ、かさねちゃん。知ってたの？　その……小百合ちゃんがナカスイに来た理由」

「もちろん。あの子、合格発表の翌週にはもうウチの下宿に引っ越してきたんだ。連れてきたご両親が、ウチのオヤジたちにご挨拶《あいさつ》しながら教えてくれた」

「そっか」

やっぱり偶然じゃなかったかも。ま、いいかと思いながら、私も大きく伸びをする。

「空気が、もう初夏じゃないね。夏の扉が開いていくんだなぁ。考えてみたら、もうすぐ六月か」

かさねちゃんは、脱力したように下を向いた。

「六月ねぇ。気が重い」

「なんで」

「一日は、那珂川の鮎の解禁日！」

なんで知らないのよ、と呆《あき》れた目で私を見る。

「あんた、那珂川に釣り客がどれだけ押し寄せるか、実感ないでしょ。ウチの民宿もスゴイよ。シーズン終了まで連日満室。全国の釣りマニアが集うんだもん。厨房《ちゅうぼう》が忙しいからって、あたしも手伝わされるの。あーやだ」

なるほど、それもあって料理上手なのか。

「それとね、六月一日は教室もチェックだからね。人間模様が面白いよ」

「へえ？」

ふふと笑い、かさねちゃんは私の手をとった。

「ま、それは後のお楽しみに。そうめんの腹ごなし、夜の散歩に行こうぜ！」

私を引っ張りながら門の外に出て、スマホのライトを頼りに夜道をぐんぐん進んでいく。

「ね、どこに行くの」

「もうわかるよ。ほら！」

かさねちゃんはスマホのライトを消した。

真っ暗な中に小さい黄緑の光がふわふわ見えてきた。一つだけじゃない、二つ、三つ……たくさん。

「え……？　なにこれ」

キョロキョロ見回していると、彼女は大笑いする。

「ホタルだよ」

「マジ！　初めて見るよ！」

かすかな無数の光が、私たちを取り囲んでいる。そっと両手を空に伸ばして包んでみた。静かに覗くと、手の中にささやかな光が息づいている。

「ねえ、かさねちゃん。ホタルってなんで光るの」

「求愛らしいよ」

「ホタルたちも青春してるんだ！」

手を開放すると、光が旅立っていった。

こんな小さいホタルが、それぞれに青春の輝きを放っている。宇宙の神様から見た私たちは、こんな感じなのかもしれない。

騒がしいまでのカエルの合唱を聴きながら、歓声を上げて光を二人で追いかけた。


週明けの部活で「私たち、一年の女子三人も『ご当地おいしい!甲子園』を目指します。よろしくお願いします」と挨拶したら、先輩方は拍手をくれたけど一年男子は三者三様だった。

進藤君は笑顔でガッツポーズをし、島崎君はスマホ片手に「へぇ〜」とつぶやき、渡辺君は露骨に不機嫌になった。

「楽しみね。このメンバーでどんな料理を出してくるのかしら」

神宮寺先生は、嬉しそうに指を組んでいる。

先生、小百合ちゃんの背中をそっと押してくれてありがとうございます、という言葉は心の中に留めておくことにした。

「じゃ、みんなに説明しましょうか」

先生はスケジュールを黒板に書いていった。

「六月三十日が大会への申し込み期限で、当日消印有効です。ここをターゲットに逆算していきます。私が提出書類を最終チェックするのに一週間欲しいので、二十四日までに必要書類とデータが出そろってほしいわね。ゆえにその一週間前に出場チームを決定します。審査は私だけでなく、ほかの水産担当の先生方や校長先生と教頭先生にもお願いします。十七日の放課後、校舎の調理室で調理と一分くらいのプレゼンをしてください。私に提出するものはレシピと基本コンセプト、アピールしたい点です。事前に見るので、十日を締め切りとします」

今日から二週間くらいしかない。これは大変だ。

なのに、何も決まらないまま気がつけば六月になってしまった。

一日になると同時──夜中の零時《れい》──に鮎釣りが解禁されるそうで、試しに通学前に若鮎大橋へ行ってみたら文字通りスゴイ数の釣り人が川を埋め尽くしていた。こんな山の中に、鮎の数より多いんじゃなかろうか。

圧倒されて学校に行ったら、クラスの半分くらいの男子が机に突っ伏して寝ている。ついでに、小百合ちゃんもだ。

かさねちゃんは昨日言っていた。この日のナカスイの生徒は、行動で四パターンに分かれると。まずは、私のような「特になにもない組」。そして小百合ちゃんのように、「解禁と同時に鮎釣りに行き、徹夜がたたり学校で起きていられない組」だ。と、すると神宮寺先生は──。

「若鮎さんたち、おっはよー」

テンション高く教室に入ってくる。授業があるから釣りは我慢するのかと思いきや、もちろん徹夜。ハイテンションを維持したまま授業を行う「鮎からパワーをもらう組」なんだそうだ。

で、教室にいないのが「サボリ組」。病欠ということになっているけれど、実際は鮎釣りに勤《いそ》しんでいるらしい。ただ、あまりにも露骨だし、バレると学校からキツイお叱《しか》りも受けるので、そこまでやるのは滅多《めった》にいないらしい。いや、今年はいた。

「一人、いないわねぇ。欠席の連絡もなし――」

神宮寺先生の冷たい視線が、私の右隣にロックオンする。渡辺君の席だ。

その時、パラリラパラリラと爆音が響いた。先生や生徒たちの視線が窓の外に注がれる。ブルーとピンクのツートンカラーに塗装された「やんちゃ仕様」の原付バイクが校門をくぐって入ってきた。ハンドルのところにミニ鯉《こい》のぼりがはためいている――いや、鮎のぼりだ。

「いえーい、十六になったから免許取れたぜー」

ガッツポーズをしながら渡辺君が教室に入ってくると、教卓のところで仁王立ちしながら先生が出迎えた。

「言いたいことは四つあるわ。まず、その一。遅刻です」

「ごめん！　鮎の解禁……は関係ないよ、マジ」

へらへら笑う目は、関係があることを物語っている。

「そしてその二。バイク通学は許可制です。あなた出してないわね」

「忘れてた。今日出しまーす」

「その三。バイク通学が許可されるのは片道五キロ以上。あなたの家は一キロもないでしょう」

「えー。若鮎大橋に寄ってから来たら、五キロ以上だし」

「やっぱり行ったんじゃないの！　そして最後。なんですか、あのバイクは！」

「カッコよかんべな」

ただでさえハイテンションだった先生の怒りは、ゲージを振り切ったらしい。そのまま渡辺君は校長室に直行となった。

第四章　総集編ピザまんで梅雨が明ける

甲子園に出品する料理の条件は、「主食かオカズ」でスイーツやドリンクは不可。一つ以上地元ならではの食材が使われていること。そして、高校生ならではの独創性と地元愛を感じられることだ。

普通の私には「独創性」がネックだった。

「かさねちゃん、鮎《あゆ》パスタってどうかな」

「普通。却下」

「小百合ちゃん、うなぎパイにしようと思うんだ」

「ふ、普通にお土産にあるよ」

思いつくものは二人にことごとく否定され、日々はどんどん過ぎていき、明日が神宮寺先生に出すレシピの締め切りになってしまった。

そんな焦燥感とは関係なく、私たち生徒の机の上には紙皿に乗った大福と紙コップに入った温かい紅茶が置いてある。白いコップから立ち上る湯気は、さぁ飲め食べろと訴えかけてくるようだ。

このようなティータイムを楽しんでいる場合ではないけど、これは神宮寺先生から――いや、学校から課されたものだった。みんな、かじりつく勢いで目の前の「課題」を見つめている。

黒板に「第一回　那珂川学」と書いた先生は振り返り、声を張り上げた。

「今日のホームルームは『那珂川学』になります。ここ『那珂川町』を知るための本校独自の地域学習で、町役場、商工会、町内企業などのご協力を得て行われるものです。その目的は、地域を支える人材としての素養を身につけるため。本日の内容は、なんと」

チョークが折れる勢いで書いた文字は――。

「食レポです！」

教室内が、拍手と大歓声、口笛に包まれる。

生徒たちの反応が収まるのを待って、先生は口早に続けた。

「目の前にあるのは『和洋菓子　和田屋《わだや》』さんの生クリーム大福と、『那珂川茶園』さんの茶葉を使った那珂川紅茶です。これらを味わってそれぞれ一分間の食レポをしてもらい、動画を制作します。優秀レポはナカスイ公式ユーチューブチャンネルにアップしま……」

先生の言葉を最後まで聞いていたのは進藤君と小百合ちゃんと私くらいのもので、ほかの生徒たちはもう食べ始めていた。

「ちょっと、食べるだけじゃダメなのよ。味わうのよ！」

「先生、おかわりちょうだい」

鮎を狙《ねら》うサギのような先生の視線が、渡辺君を射貫《いぬ》いた。

「じゃあ、すでに食べ終わった渡辺さん、食レポしてもらいましょうか」

「まかせろ！」

勢いよく立ち上がった渡辺君は、動画撮影モードにして構えていた先生のスマホに向かい、ピースサインをした。

「ウマい！　以上」

先生の美眉が、きりきりと上がっていく。

「一分って言ったでしょ。一秒で終わったわよ」

「だってさぁ。本当にウマかったら、ウマいとしか言えなかんべよ。テレビ番組の食レポって、どれもウソくせえんだよな」

「話を盛れって言ってるんじゃないの。魅力を伝えるのよ、魅力を」

「那珂川町民なら物心ついたころからコレ食べてんだもん。味なんか今さら、わかんねえよ」

「じゃあ、宇都宮市民の進藤さん、どうかしら」

食べ終わってハンカチで口を拭《ふ》いていた彼は、はいと返事をしてその場に立った。

「まず、和田屋さんの生クリーム大福。創業百二十年の老舗《しにせ》ですね。構成は餅《もち》、こしあん、生クリームで一個百八十円と聞いています。那珂川茶園さんの那珂川紅茶は、『やぶきた』を使用しています。『やぶきた』は、静岡県の農家、杉山彦三郎《すぎやまひこさぶろう》さんが自分の竹やぶを切り開いた茶園の樹から優良品種を選び、北側の葉を『やぶきた』と名付けたことからそう呼ばれるようになったそうです。その味は……」

ピヒョーと、先生のホイッスルが進藤君の声を遮《さえぎ》った。

「はい、一分。食レポというより商品説明かしらね。じゃあ、次は大和さん。楽しい食レポ期待してます」

「まかせて！」

かさねちゃんは立ち上がると、いきなりシリアスな顔になって紙皿を手に取った。

「まず、生クリーム大福。ペロッ……この白い粉。これは……打ち粉《こ》！」

「当たり前じゃないですか」

隣に座る島崎君の冷静な声が響いた。気にせず、かさねちゃんは紅茶を口に含む。

「そして、この紅茶の味……。覚えていますね。この渋さ、香り、温度。あなたが時計を気にしながら飲んでいた紅茶です。あのときあなたは隣にいた彼のカップに……毒を入れたんだ！　犯人はあなた。紅茶は真実しか語れない！」

「何ですか、それは」

「アキラの決めゼリフ！」

先生の冷たい視線を物ともせず、かさねちゃんはバッグから缶入り紅茶飲料を取り出した。スーツを着たイケメンのアニメキャラがティーカップを持っているイラストが大きく描いてある。

「今、これにハマってんの。『ティータイム刑事《デカ》・神無月《かみなづき》アキラ』。あたし、ミステリーアニメってあんまり観ないんだけどさ、これアキラがめっちゃカッコよくて。コラボの紅茶、大人買いしちゃった。部室のロッカーにいっぱい入ってるからさ、飲みたいとき言って。売ってあげるから」

かさねちゃんの声を遮る先生のホイッスルは、進藤君のときよりトゲトゲしかった。

「はい、じゃあ次は鈴木さん」

私！　慌《あわ》てて大福を食べ、紅茶を飲む。その勢いで立ち上がった。

「生クリーム大福は、ぷるぷるっとした柔らかいお餅が、とろっとした生クリームとねっとりしたこしあんを包み込み、嚙《か》みしめていると夢の国のテーマパークに行った気持ちになります。那珂川紅茶はとても静かな落ち着いた味で、いつも飲んでいる紅茶を華やかなバレエとするならば、能の舞台を観ているような気持ちになります」

先生どころか、教室も静まり返った。しまった、やっちゃったかな。と思った次の瞬間。拍手が沸き起こった。

「はい、ぴったり一分。鈴木さんの感じた魅力を自分の言葉で伝え、聴いてる人に『私も食べてみたい』と思わせる力がありました。ぜひ、ユーチューブにアップしましょう」

拍手がさらに大きくなる。食レポとはいえ、人に褒《ほ》められるなんて……！

「なんで紅茶がバレーなんだよ。ウソくせえ。ああウソくせえ。サーブでも打ってろよ」

イヤミったらしい言葉は隣の渡辺君だ。私たちも甲子園を目指すと宣言した日から、突っかかってくる回数が増えている。

しかし、そんなのはミジンコのパンチくらいにしか感じないほど、私は夢見心地だった。

あまりにも舞い上がりすぎて、ほかの子の食レポは全然聞いていなかった。気がつけばチャイムが鳴り、弾けた雰囲気を引き締めるように先生が手をパンパンと叩《たた》く。

「はい、とても楽しい授業だったでしょう。でも楽あれば苦あり。明日の水産実習は実習場の清掃になります。池周りの除草作業や藤棚や植木の剪定《せんてい》。それと屋内養殖棟の床掃除をしますからね」

「うえ〜、ハズレの中のハズレ実習じゃんかよ」

心底イヤそうに机に突っ伏す渡辺君を横目に、私は思った。

この余裕の態度は何を物語るのか。「おいしい！甲子園」校内予選メニューを彼らはもう決めたのだろうか。どんな料理が出てこようとも、私たちは絶対に勝たなくては。でなければ、甲子園への扉は開かない——のに、料理が思いつかない。

でも私だってずっと考えてきたのだ。朝起きれば「夢の中で何かヒントはなかったかな」と思い返し、通学の自転車を漕ぎながら「那珂川の風よ、私に啓示を」と願い、昼休みは八溝の山々に「山神様お導きを」と頼み、放課後は司書の先生に「なんか助けて」と騒ぎながら図書室の本を片っ端からあさり、夜はスマホで必死にネットサーフィン（そのまま寝落ち）。

今夜中に決められなければどうにもならないと、かさねちゃんが厨房《ちゅうぼう》の手伝いを終えた後に離れの広間にやってきた。もちろん小百合ちゃんもだ。

「ちょっと、なんで六月にコタツなのよ。先月、しまってなかった？」

かさねちゃんが、座りながらコタツ布団《ぶとん》をまくり上げた。

「梅雨入りして寒いからって、オジさんがまた出してくれたんだよ」

対抗するように、布団をもとに戻す。

「東京育ちの小百合ちゃんと宇都宮育ちの私は寒さに弱いはず。風邪をひいたら、親御さんに申し訳ないからって」

「宇都宮の気温なんて、ここと大して変わらないでしょ。あたしは梅雨寒にも耐えているのに。あ〜、やだ。過保護」

「気温なんてどうでもいいんだよ。早くメニューを決めなきゃでしょ。しかも、男子チームに負けない内容を」

責任は私にあるのも忘れて、コタツの天板をひっぱたいてしまった。

「大丈夫大丈夫、負けないって」

手で顔を扇《あお》ぎながら、かさねちゃんは余裕の笑みを浮かべた。

「まず、進藤。今日の食レポでわかったでしょ。頭はいいけど、カッチカチ。柔軟な発想ができないんだよ。あたし『ご当地おいしい!甲子園』のサイトにアクセスして去年の決勝に残ったチームのメニュー見たけど、フリーダムよ、ほんと。料理内容もネーミングもね。どっちかというと、何しでかすかわからない渡辺の方が危険。でもあいつは釣りバカで、釣り以外はただのバカだから大丈夫。島崎は動画については強敵だと思うけど、校内審査に動画はないから問題なし」

説得力があるような、ないような。

小百合ちゃんは電気ポットから急須《きゅうす》にお湯を注ぎ、私たちにお茶を淹《い》れてくれた。

「で、でも……私たちが何も出せなかったら……何かしらメニューを出した男子チームの勝ちだよ」

「小百合ちゃんの言うとおりだよ。ゼロはいくつ掛けてもゼロだけど、一は十を掛ければ十に、百を掛ければ百になるもの」

冷たい視線を浴びせながら、かさねちゃんは厳しい口調で言う。

「忘れてない？　あたしと芳村さんは、ただの人数合わせだって。はい質問。責任者は誰？　やらなくてはならないのは誰でしょう。正解は、あ・ん・た」

ピンポーン。と、クイズの正解のように通知音が鳴った。かさねちゃんが何気なくスマホを見る。

「やだあああ！」

その絶叫に、私と小百合ちゃんは思わず腰を浮かした。なにか臨時ニュースが入ったらしく、顔面蒼白《そうはく》になっている。

「何、どうしたの！」

スマホの画面を私たちに示しながら、かさねちゃんは泣きそうな顔をした。

「アニメ速報が入ってきた。ショックだよぉ。『ティータイム刑事・神無月アキラ』、再来週からしばらく総集編なんだってさ。制作スタッフが次々にコロナになって、制作がストップしてるんだって」

どうでもいい。心底どうでもいい。でもそれで緊張が解けたのか、閃《ひらめ》いた。

「そうだよ、いいじゃん、総集編！」

「何言ってんの、イヤに決まってんじゃない。今クライマックスだし。しかも延期になった回はね、原作ファンの人気投票で一位のゲストヒロイン、早川《はやかわ》みくるが出てくるのよ。声優はシークレットになっていて……」

「そっちじゃないよ。甲子園の料理のこと言ってんの」

「あら、思いついたんだ」

咳《せき》ばらいをして、喉《のど》と考えを整えた。

「ピザはどうかな」

二人の視線が痛い。「ピザかよ」「ちょ、ちょっと単純すぎる」と思っているのがよくわかる。

真骨頂はここからだ。私は居住まいをただした。

「ただのピザじゃないよ。具は、ザリ、サワガニ、シジミってどう？　私がナカスイに来て、驚いた食材の総集編だよ」

二人は顔を見合わせる。……ダメか、やっぱり。

「具材の話なら、ありかもしんない」

まさかの、かさねちゃんの肯定だった。

「わ、私も……。いいと思うよ。なんというか……ナカスイっぽい」

っぽい、のところで小百合ちゃんの目が一瞬垂れた。

「はい、小百合ちゃんの笑顔いただきました！　決まりね」

苦労の果てに人に認められることが、こんなに嬉《うれ》しいとは知らなかった。もう、夜空まで舞い上がっていきそう。

「ま、待って。ピザでOKってことじゃないよ。具材はいいと思うけど……」

そのとき、ママがよく説教に使う言葉が頭の中に聞こえた。

——さくらは一歩先しか見ていない。二歩、三歩先を考えなきゃダメ！——

ピザの先にあるもの……。これだ！

二人にアイデアを告げたら、なんと首を縦に振った。

ついに料理が決まったのだ！

しかし、それは苦労の終わりではなく始まりだった。なんせ先生に提出する書類を明日までに作らなければならない。当然ながらこれは私がやるしかなかった。

パソコンは持っていないので、レシピと基本コンセプト、アピールしたい点を必死に手書きでまとめる。そもそも料理名は思いついたもののレシピがわからないので、スマホで調べながら書いている始末。顔を上げるたび、一時、二時、三時、四時……時計の針は冷徹に現実を告げる。

「で、できた……」

半泣きになって顔を上げると障子《しょうじ》からは朝日が零《こぼ》れ、時計はいつもの起床時間である六時五十八分を指していた。

人生初、徹夜。

しかし祝っている場合ではなく、眠くて倒れそうだった。一時間目に寝ようとしたけれど、厳しい現実が待っているのを思い出した。そう、実習場の掃除だ。

鮎の養殖池のほとりに、実習服姿の生徒が集まっている。自分が寝不足だからか、みんなも眠そうにみえる。キョロキョロしていたら渡辺君と視線が合ってしまった。「んだよ、コラァ」と口が動いているので、慌てて先生に視線を向ける。

先生は、生徒たちに活《かつ》を入れようと声を張り上げた。

「ここで注意点を言います。網を使う際は養殖池ごとに完全に分けること。同じ網を使うのは、絶対にいけません。それはなぜかしら？　進藤さん」

「はい、万が一病気の魚を触ってしまった網で元気な魚を掬《すく》うと、病気がうつるリスクが生じます。網に寄生虫や細菌、ウイルスが付着しているからです」

「その通りよ。実習場の飼育魚で病気が発生すると、全体に病気が広がってしまいます。網が宿主となって、ほかの水槽や池に病気を広げることにもつながってしまいますからね。掃除に手を抜くことがあっても、これだけは守ってください。いいですね」

先生の目は「マジ」だった。全員が手を挙げて忠誠を誓う。しかし生徒の自主性にまかせては掃除が全然進まないことを危惧《きぐ》したのか、受け持ち場所は先生が指定した。水産研究部の六人は屋内養殖棟だ。浴槽のような形の青い養殖池が五つ並び、それぞれに魚が泳いでいる。私も網を片手に――眠い。

「おい！」

いきなり、渡辺君が私の腕をつかんだ。

「な、なに」

ここでケンカを売る気か。私は網で反撃しようとした。

「危ねえぞ。キンギョの池に倒れこむところだった」

ヤバい。掃除をしながら文字通り寝落ちするところだった。

「これキンギョ？　こんなに大きいよ」

浮草の間を縫うように群れて泳いでいるのは、どうみても鮮やかな錦鯉《にしきごい》だ。草の緑との対比で、色がより際立っている。

「育つとこうなんの。ったく、気をつけろよな。落ちたらキンギョがケガすっぺよ」

私じゃなくてキンギョが心配だったのか、納得。改めて池を覗《のぞ》くと、あることに気づいた。

「死骸《しがい》がプカプカ浮いてる」

小百合ちゃんが慌てて来て、中を覗く。

「ああ……かわいそうに、白点病だ」

その名のとおり、浮いているキンギョのヒレや体には、白い斑点《はんてん》がポツポツとあった。

「魚も病気になるんだ」

「も、もちろん。ここの飼育水は河川水だから」

「川の水だとダメなの？」

「自然界は病原菌だらけだもの。し、自然界では一匹が発病しても周囲の魚に影響はないけど、養殖池で一匹発生すると、給餌《きゅうじ》の時とか多くの魚が接触するから感染が広がる」

「へぇ」

小百合ちゃんは、先生に報告に行かなくちゃと走り去った。

私は死骸を網で掬ってバケツに入れ――終わった瞬間、クラッとくる。めまいだろうか。頭を横に振ると、隣の池に紙ごみが浮いていることに気づいた。取らなきゃ。

「おい、今日締め切りだぞ、『ご当地おいしい！甲子園』。その分じゃ、間に合わなかったんだろ」

床をデッキブラシでこすっている渡辺君が、私を横目にニヤニヤ笑っていた。

「全然違うし。朝イチで先生に提出したところ」

「おっせー！　俺たちなんて、先週出したんだぞ」

そう言って胸を張る。

「じっくり考えた分、私たちの方が練《ね》った内容だもん」

「そっちは何出したんだよ」

「当日まで秘密！」

プイッと横を向いたら、それが原因で視界が暗くなる。養殖棟の独特の匂いも、いつにも増してキツく感じてしまう。外に出て深呼吸すると、ちょっと楽になった。

でも、見上げれば梅雨を思わせる重い雲。しっとりとした寒さが、身体を包む。男子チームに勝利しないと、私の世界は梅雨明けしないのだ――。

ついに校内決戦、六月十七日の放課後を迎えた。

調理室にいるのは、エプロン姿の女子チームと男子チーム。そして、壁際にパイプ椅子《いす》を並べ、ずらっと座っている十人の先生方だ。校長先生、教頭先生、水産担当の先生たち、そして実習教員の前田先生。

神宮寺先生が立ちあがり、黒板の前に一列に並ぶ私たちのところまで歩み出た。

「それでは今から『ご当地おいしい！甲子園』校内予選を始めます。審査対象となる調理時間は三十分。それ以上必要な分は、事前の準備時間内に済ませてあります。これは本番と同じ条件です」

先生は一息つくと、ピヒョーッと愛用のホイッスルを吹いた。鮎の形をしたもので、銀製だそうだ。初ボーナスを注《つ》ぎこんだオーダーメイドらしい。恐るべし。

「三十分経過したら私がホイッスルを吹きます。途中であってもそれで完全終了。調理が終わっていない場合は失格とします。調理が済んだら先生方に配膳してプレゼンを始めてください。今回の審査対象は料理そのものとプレゼン内容で、配点は半分ずつとなります。それでは始め！」

緊張を切り裂くように、先生のホイッスルが鳴り響く。

ライバルを気にしている場合ではないのだけど、男子チームの調理台を見た私は、血の気が引いた。

サワガニ、ザリ、シジミ、小麦粉……。

材料が被《かぶ》りまくりだ！

「地元産を使ってるんだから、こういうこともあるでしょ」

私の心を読んだかのように、かさねちゃんが耳元で囁《ささや》く。その通り、動揺しちゃダメだ。自分たちのことに集中しなくては。

私たちが作るのは、「ただのピザ」の先にあるもの。発酵の時間が必要なので生地は事前に用意しておいた。トマトソースも準備済み。シジミを酒蒸《さかむ》しにして身と殻を分ける。ザリは塩ゆでにして身を取り出し、サワガニは黒焼きにして身をほじりだし、すべての具をトマトソースで軽く煮込む。伸ばした生地に具とチーズをのせ、酒蒸しの煮汁を隠し味程度にかけて一口サイズに丸め、蒸し器で十五分蒸す。昨日の夜、下宿で練習したとおりだ。

「できあがりました！」

進藤君と私の声が重なった。

視線を向ける余裕がなかったけど、隣の調理台にある大皿は湯気を立てている。なんだあれ。鰹節《かつおぶし》が躍っている。まさか、お好み焼き？

先生のホイッスルが鳴った。

「時間はどちらもオッケーね。ではプレゼンを始めてください。まずは、男子チームから」

彼らは顔を見合わせると、進藤君が一歩前に出た。

「はい！　僕たちは、那珂川の自然の豊かさと、なにげなく僕たちの周りに存在しているものが素晴らしい食材となるということを、全国の人に伝えたいと思ってメニューを考えました」

ああ……被った。やっぱり、考えることは同じだ。

「水産実習で用水路掃除をしていて気づいたんです。用水路と名がつくけれど、実は食材の宝庫なのだと。その魅力と驚きを伝えようと、用水路にいるサワガニ、ザリガニ、シジミを使いました。ウナギやドジョウを使わなかったのは、原価計算で引っ掛かりそうだったからです」

そう、本番の大会では予算の規定がある。一度に六人分を作ることとし、商品として販売する場合に一人分八百円程度の価格設定になること。原価はその三分の一まで。材料を購入せずに済む場合は、一般的な市場価格を参考にすること。ウナギとドジョウは「市場価格」がネックだったのだろう。

進藤君が下がり、代わって渡辺君が前に出る。

「メニュー名は『用水路お好み焼き』でーす！」

いいね！　そりゃスゴイ。わはははは。楽しそうな反応が先生方から飛び出る。

「ここの用水路のスゴさをダイレクトに伝えるために、材料の泥抜きもなし。そのままお好み焼きにしました！　ググっても一切出てこない、俺たちのオリジナルメニューでーす」

今度は島崎君がセンターに出て、ビシッと先生方を指さした。

「ナカスイの一年男子三人が考案したメニューです、どうぞご賞味ください。せーの、地元愛、勇気、知識で那珂川町の未来は僕たちが拓《ひら》く！　ナカスイ食材戦隊一年ジャー！」

戦隊ヒーローのように三人はポーズを作った。笑い声と共に先生たちの拍手が調理室内に響き渡る。

「じゃあ、審査をお願いします」

島崎君がペコペコ頭を下げながら、小分けにした皿と割り箸を配る。先生方は笑顔で受け取り、口に含むと無言になった。

「うん……、この自由さが面白いね。青春って感じがする」

普段寡黙《かもく》な校長先生が、ポツリとつぶやいた。

ペットボトルのミネラルウォーターをごくごく飲み干して、口を拭《ぬぐ》いながら神宮寺先生が私たちを見た。

「じゃあ、今度は女子チーム。プレゼンお願いします」

「は、はい！」

もちろん担当は私だ。咳払いをして一歩前に出る。コンセプトが似ていると後攻が不利になるのだろうか――ドキドキしながら先生方を見回した。

「ナカスイの一学期は、驚きの連続でした。学校に裏山があり、沢が流れ、そこから注ぎ込む川の水からとった用水路があり、そこにいろんな生き物が『普通』に生息している。その驚きを純粋に料理にしたいと思いました。私、アメリカザリガニが食べられるなんて知らなかったですし、在来種の環境を脅《おびや》かしているなんてことも初めて知りました。サワガニは、海なし県にカニがいるなんてビックリで……。シジミが獲れることにいちばん感動しました。スーパーで買うものだと思っていたので。その感情を料理にしたメニュー名は『ナカスイ一年生一学期総集編ピザまん』です」

パラパラとした拍手を受けながら、深くお辞儀をした。

先生たちの反応が弱い。地味だっただろうか。男子チームみたいに決めポーズでもした方が良かったんじゃなかろうか。

「じゃ、先生たち食べてね」

かさねちゃんが両手に小皿を持って配膳に行く。

恐る恐る、先生たちの様子を見守った。

食べながら頷いたり、首をひねったり、そのまま考えこんだり。男子チームの方が、リアクションが大きかった気がする。

神宮寺先生も特に表情を変えることなく、隣の前田先生に何か話しかけていた。私は読唇術を試みる——が、無理だった。少なくとも、私たち優位の雰囲気ではない。

先生方が食べ終わったのを見届けて、神宮寺先生が立ち上がった。

「では、これにて終了といたします。私が先生方から審査票を回収し、集計と採点を行います。生徒たちへの結果発表は来週月曜日の夕方、講評もそのとき伝えますね。生徒たちはこれから片付けまできちんと行い、戸締りして鍵を戻すこと。では先生方、ありがとうございました」

慌てて、私たちも頭を下げた。

にぎやかに先生たちは廊下へと出ていく。先生たちの雑談に耳を澄ませていると「用水路お好み焼き」といった単語が聞こえてくる。

ちらっと渡辺君を見たら、勝利を確信した笑顔で私にVサインをした。むかついて目を逸《そ》らすと、進藤君が女子チームの調理台を見つめている。

「鈴木さん、せっかくだからさ、片付ける前にお互いのを食べてみない？　少し残ってるし」

「そりゃそうだ。動いたし、あたしもお腹減った」

手早く人数分の皿にとり分けるかさねちゃんの姿は気持ちいい。さすが民宿で厨房の手伝いをしているだけある。

男子チームのお好み焼きは定番のソースが香り立ち、悔しいことに早く口に入れたい心境になった。それを実行した瞬間――。

「これ、泥臭くない？」

同じ感想を持ったかさねちゃんが『ティータイム刑事・神無月アキラ』の缶入り紅茶をバッグから取り出して、ゴクゴク飲み干した。

「言ったじゃねえかよ。用水路の魅力をダイレクトに伝えるから泥抜きしてないって」

渡辺君は、全く疑問を持っていない顔だ。

「お好み焼きソースが助けてくれるけど、料理としてはキツくない？」

私が素直な感想を漏らすと、渡辺君が血相を変えた。

「女子チームだって、なんだよこれ。具材とトマトソースがうまくマッチしてねえよ！」

つかみ合いの喧嘩《けんか》になりそうになったのを、かさねちゃんと進藤君が引きはがした。

手応《てごた》えのなさに落ち込みながら、鍵を職員室に返しに行く。私は悩んだ。

部室で部長と副部長が「お疲れさま会」を開いてくれるので、みんなはすでに行っている。正直この心境では行きたくない。しかし行かないのも、いかにもだし。ちょっと様子だけ見てみるかと部室を目指すことにした。

実習棟の玄関を入ろうとすると三年生女子コンビが出てきたところだった。部長はにこやかに手を振っている。

「鈴木さん、お疲れー！　コンビニに行ってお疲れさま会の買い物してくる」

いちばん近いコンビニだって、ここから二キロ先だ。ああ、なんてできた先輩なんだろう。癒《いや》された気分になりながら部室のドアに手をかけると、中から叫び声が聞こえてきた。

「ショックー！」

かさねちゃんだ！　もしかしてもう落選が決まったんだろうか。慌てて中に入ると、彼女がスマホを机に放り投げている。

「信じらんないー！『ティータイム刑事・神無月アキラ』の早川みくるの声、小松原茜だってえ」

「あかぴょん！」

渡辺君が絶叫し、放り投げたスマホを拾い上げまじまじと眺めている。

「ちょっと渡辺、あたしのに触らないでよ！」

「最高じゃねえかよ、なんの問題があるんだよ」

「最悪。あたし、アニメに声優じゃない芸能人を使うのって反対だし。しかもアイドルだよ。それも小松原茜！　歌だって下手くそなのに。セリフだって、絶対棒読みだよ、棒！」

渡辺君の耳たぶをつかみ、かさねちゃんは棒棒棒と耳の穴に叫んでいる。

心底アホらしいと思っていると、ものすごい音でドアが開いた。小百合ちゃんだ。目が血走っている。

「大変、ランチュウに白点病が出てる」

「ランチュウ？　虫？」

みんなの視線が痛い。進藤君が黒板に丸々した魚の絵をササッと描いた。最後に頭にコブのようなものを付け加えながら言う。

「ランチュウは、キンギョの一種。いちばん右の池にいるやつだよ」

とすると、錦鯉のようなキンギョが泳いでいる池の隣がそうか。思い出した、赤い魚だ。

「鈴木さん……」

今まで見たことがないような鋭い目で、小百合ちゃんは私を見た。

「この間の掃除のとき、池ごとに網を替えた？」

そういえば、私が白点病が出たキンギョの死骸を掬い上げたんだっけ。で、隣のランチュウの池にゴミが浮いてたから網で拾って。そのとき……。私、網を交換したっけ。ダメだ、記憶がない。あのとき睡眠不足でフラフラしていて、ボーッとしていたことしか……。

「ご、ごめん。百パーセント交換したとは断言できない。自信ない。もしかして替えてないかも」

「最低だよ！　魚がかわいそう！」

小百合ちゃんのこんな大きい声、初めて聴いた。私は、ごめんなさいと頭を下げるしかできない。

「魚を大切にできない人と一緒に何かやるなんてイヤ。もしも選ばれても、わ、私は、甲子園に出ないから。絶対に」

「え！」

そんな、待って。小百合ちゃんの手に触れようとしたら、思いっきりはねのけられた。

「ちょっと待てや」

渡辺君が真面目な表情で腕組みをしている。

「俺、あのときこいつの隣で床掃除してたけどさ。見たとき、ちゃんと網替えてたぞ」

意外なアシスト。まさか彼が味方をしてくれるなんて。

小百合ちゃんは細かく横に首を振った。

「だ、だって、ランチュウの体に白点出てる」

「とりあえずさ、現場に行ってみようじゃないの」

かさねちゃんの言葉を合図に、女子チームと男子チームが養殖棟に走っていく。

ランチュウの池を覗いてみると、可愛い赤い魚たちが元気よく群れをなして泳いでいる。病気の魚なんて……。

「ほ、ほら。この子たち」

目に涙を浮かべた小百合ちゃんが、何匹か指す。確かに頭に白いぶつぶつが見えた。

「――なるほど」

かさねちゃんはしばらく見つめると、ちょいと失礼と言って出ていってしまった。

進藤君はスマホを出して何やら検索している。

「白点病の潜伏期間は一週間から二週間か。時期的には掃除の日から起算すると合うんだな」

「や、やめてよ。せっかく渡辺君が違うって言ってくれたのに」

「別に、俺は味方したワケじゃねえぞ。見たまま言っただけだ。考えてみれば、俺の知らないところで網突っ込んだのかもしれねえし」

「そんな！」

「レッツ・ティータイム！」

場違いな言葉と共に、かさねちゃんが戻ってきた。あのアニメキャラの缶入り紅茶を何本も抱えている。

一本手渡されたけど、私は紅茶を飲むなんて心境じゃない。

「まぁ、紅茶を飲んで落ちついてください。みなさん。この神無月アキラが謎解《なぞと》きをしましょう」

力が抜け、危うく缶を落としそうになった。

「もう、いい加減に……」

かさねちゃんはこめかみに缶を当てた。

「紅茶が告げている。これは病気ではないと」

「へ？」

全員の視線を受け、彼女はふふふと笑う。

「ランチュウみたいに、頭にコブを持つキンギョに固有の事象ですよ。水温が二十度を切ると、こういう白い分泌物が出ることがありましてね。人間でいうところの、青春のニキビみたいなもんですな」

「そうか、最近梅雨寒だったから！」

進藤君が得心したように、何度も何度も頷《うなず》く。

「原因は、水を引いてくる川の水温が低いからじゃない？　水温を調整するヒーターの調子が悪いんかもしんないね。大丈夫、気温が上がって水温も上がれば自然に治るよ」

そこまで言うと、かさねちゃんは紅茶をイッキに飲み干した。

「それが答えです。紅茶は真実しか語れない！」

拍手、拍手……。みんなの拍手を浴びる彼女は、ミステリードラマのクライマックスのヒロインみたいだ。

「あー、気持ちいい。一回言ってみたかったんだ、このセリノ」

「すごいですね。なんでそんなに詳しいんですか」

「大和家はナカスイ一族だもん。これくらい、わかっちゃうんだわ」

へへへと頭をかきながら笑うかさねちゃんを、島崎君は「ありがたや」と拝《おが》んだ。

ふと小百合ちゃんを見ると、下を向いたまま、握りしめた拳《こぶし》をぶるぶる震わせている。心理が読めない。私に対して申し訳ないと思っているんだろうか。かさねちゃんに魚の知識で負けた悔しさを味わっているんだろうか。それとも――。

しかし何も言わず小百合ちゃんは出ていってしまい、お疲れさま会にも出てこなかった。

その日、彼女は下宿の部屋に閉じこもったままだった。土曜日も日曜日も。

月曜日は、まるで梅雨明けしたかのような暑さと青空だった。予想最高気温が三十度を超えて、今まで寒いと思っていた夏の制服がちょうどよく感じる。女子はセーラー服で、男子は白の開襟《かいきん》シャツにグレーのズボンだ。

教室に行くと小百合ちゃんはもう来ていた。でも、視線を合わせようとしない。休み時間に話しかけようとしても、どこかへ行ってしまう。

無視されたまま、放課後になってしまった。

屋上で八溝の山々を眺めながらボーッと座り込んでたら、かさねちゃんが隣に来て腰を下ろす。

「だから言ったでしょ。女子は三人しかいないんだから、あまり密にならず距離を置いた関係の方がいいよって。わかった？」

確かにそうだったのかも。でも……。

私は立ち上がって、ドアに向かった。一瞬だけ彼女を振り返る。

「でも、もう引き返せないでしょ！　密になったら絆《きずな》ができちゃったんだもん」

階段を降り、実習場へと向かった。

小百合ちゃんの姿を探すと屋内養殖棟にいて、キンギョの養殖池を愛おしそうに眺めている。

彼女は私に気づくと、プイと向こうを向いてしまった。

来たのはいいんだけど、何を言えばいいのか考えてなかった。しばらく宙を眺め、いろんな言葉をシミュレーションする。私の頭でOKサインが出たのは、これだった。

「あの……お互いに問題があったと思う。私も睡眠不足で作業が荒かったし、小百合ちゃんも魚を大切に思うばかりに言葉がきつくなった。同時に謝ってスッキリ終わりにしない？　行司《ぎょうじ》はかさねちゃんにお願いして、ハッケヨイでさ」

小百合ちゃんの背中が震えている。笑っているのかと思いきや、そのまま声を上げて泣き出した。

「やだ、どうしたの」

「わ、わかんないんだもん、私」

激しくしゃくりあげながら、彼女は言葉を吐き出していく。

「小学校も中学校も行かなくて、同級生たちと遊んだこともないし、ずっと一人だったから、こういうときどうすればいいのかとか、どう謝ればいいのか、わかんないわかんない。だって私、普通じゃないもん」

そのまま、わあわあ泣きじゃくる。

わからない、という彼女の言葉が胸に突き刺さった。そうだ、私もナカスイに来てわからないことがいっぱいあって神宮寺先生に泣きついたじゃないか。私はどうやって立ち直った？　そう、あの「青春」の詩に助けてもらったんだ。

どのくらい経ったのかわからない。一時間、二時間。それとも十分か二十分。でも、泣き終わるのをじっと待つ。

やがて落ち着いたのを見計らって、私はできるだけ優しい声で言った。

「わからないことがいっぱいあって泣きたくなるのは、私も同じだよ。いいじゃん、私たちはまだ若鮎なんだからさ。いろんな流れを試行錯誤《しこうさくご》しながら上っていくんだよ」

小百合ちゃんは目元を腕で拭い、鼻を手の甲でこする。

「ナカスイも魚も、知れば知るほど楽しい。それを、甲子園に出場して全国の人に伝えたいよ。だから手伝ってくれない？　小百合ちゃんがそばにいてくれたら、心強いんだ」

小さく小さく、彼女は首を前に傾けた。

「ありがとう！」

「だ、男子チームに勝ったの？」

「忘れてた、今日発表だっけ。結果はまだわかんないけど……そうか、負けたかもしれないんだ」

「女子チームに決まりましたよ」

振り返ると、神宮寺先生が入口に立っていた。体の後ろに手をまわし、笑っている。

「いえーい、池袋目指して頑張ろう！」

先生の後ろから、かさねちゃんがピースサインをして現れた。

「悔しいから、応援で池袋に行ってやる！」

彼女の後ろで、渡辺君が地団駄《じだんだ》を踏んでいる。

「渡辺は、薔薇少女軍団のライブに行ければいいだけでしょ」

「うっせえ。大和だってアニメショップが目的だろ」

言い合う二人の背後から、進藤君が拍手をしながら歩いてきた。

「おめでとう！『用水路お好み焼き』もコンセプトは素晴らしかったと思うけどね。プレゼンの点数は男子の勝利、味は女子の勝ち。ただのピザじゃなくてピザまんにしたことの工夫が評価されて、君たちになったんだそうだ。僕たちは、あまりにもストレート過ぎたんだね」

「あ、ありがとう」

ドギマギしていると、スマホ片手に島崎君が進藤君の後ろからひょっこり顔を出した。

「動画制作は、僕に協力させてください。すでに、去年の予選通過校の動画はチェック済み。傾向と対策も練ってあります」

「わぁ、島崎君が動画のブレーンなら無敵だ。ねえ、小百合ちゃん」

「う、うん」

目と鼻の頭を真っ赤にして、彼女は頷いた。

ああ、感じる。私の心の梅雨空が晴れていく。重い雲の隙間からスポットライトのような太陽の光が私に射す。見上げると雲は流れるように消えていき、青い青い空がどこまでも広がる。いつか若鮎大橋から見た空のようだ。私たちは今、若鮎のように飛び跳ねる――。

「喜ぶのは、まだ早いわよ」

先生がピシャリと言った。

「あのレベルでは、予選落ち確実。これから月末の締め切りまで、ブラッシュアップしていきましょう。一から練り直しよ。ビシバシ鍛《きた》えますからね」

梅雨明け宣言は、まだのようだった。


次の日の放課後。

メニューを考えるため借りていた本を図書室に返しに行くと、壁際の閲覧席で進藤君が一人、夕陽を受けながら図鑑らしき分厚い本を読んでいた。

せっかくなので、隣に座ってそっと訊《き》いてみる。

「ねえ、進藤君。気になってたんだけどさ」

「え」

彼は怪訝《けげん》な表情で顔を上げ、私を見た。

「その頭脳をもってすれば、校内審査に出すのが『用水路お好み焼き』のはずがないと思うんだけど。手を抜いた？」

一瞬目を見開いたけど、すぐに笑顔になる。

「僕は頭が固くて自由な発想ができないから、口出しはしなかったんだ。渡辺君の自主性と創造力にまかせた方がいいと判断したんだよ」

素直に答えてくれる人なんだなぁと感心した。ついでに、もう一つ訊いてみよう。前々から気になっていたことだ。

「進藤君なら別にナカスイに進学しなくてもさ、水産実習だって自分でできちゃうんじゃない？　なんでわざわざナカスイに来たの」

彼は、今まで見せたことのない深刻な顔をした。

「僕、人酔いするんだ。群衆を見ていると吐き気がして倒れそうになる」

「えっ」

「英新中学校は少人数精鋭教育だからよかった。外部生がイッキに入る高等部になると、敷地がかわってマンモス校なんだよ。君も知ってると思うけど。かと言って、宇都宮の高校なんてどこも生徒がいっぱいいだし」

そう絞《しぼ》り出すように言うと、両手を白くなるほど握りしめる。

「甲子園も落ちて良かった。池袋なんか行ったら人がいっぱいいで、僕は倒れてしまう」

もしや、だから渡辺君に口出ししなかったのか。でも……。

「水産庁って東京なんでしょ？　それこそ人がいっぱいいなんじゃない」

「そうなんだよ」

進藤君は哀しい笑みを浮かべた。

「なんで霞《かすみ》が関《せき》にあるんだろうね。那珂川町に引っ越してきてくれればいいのに」

恵まれているように見えても、人それぞれに悩みがあるんだなぁ。

私はため息をつく彼を眺めながら、哲学的な気持ちになった。

第五章　ナマズせんべいはエールの証《あかし》

車体にアニメや漫画のキャラが描かれた車を「痛車《いたしゃ》」と呼ぶそうだけど、神宮寺先生のワゴン車にはデカデカとした鮎《あゆ》の絵と「鮎 LOVE YOU」の文字が書かれていた。

「当日消印有効で良かったー、行ってくるわね！」

六月最後の日。やっと仕上げた「ご当地おいしい！甲子園」の必要書類を郵便局に出しに行くべく走り出した先生の痛車を見送りながら、私はグラウンドに座り込んだ。

完全燃焼。私の電源はオフになってしまったのだ。

七月に入っても再起動できずに日々は過ぎていく。部活動では、かさねちゃんは早々に幽霊部員に戻って家でアニメ三昧《ざんまい》、小百合ちゃんは屋内養殖棟に入り浸《いびた》って何かしている。きっと魚の世話だろう。私一人がボーッとしたままだ。

「ウチのおじいちゃんみたいだねぇ。縁側でそんな感じで座り込んでお茶飲んでるよ」

窓際で外を眺めていると、背後から安藤部長の快活な声が聞こえてきた。振り返ると白い紙皿を持っていて、上に茶色い薄いものが並んでいる。

「はいどうぞ、おじいちゃん。おせんべいですよ」

空っぽなのは、頭だけじゃなくてお腹もだ。お礼を言って一口かじると、人生で初めての味が口の中を満たす。魚風味と生臭さのワン・ツーアタック。口から出すわけにもいかないし、慌《あわ》ててバッグの中にあるペットボトルのお茶を取り出して胃に流し込んだ。

「な、なんなんですか。これ」

咳《せ》き込みながら訊くと、部長は邪気のない笑顔を見せた。

「試作中の、ナマズの内臓せんべい！」

「内……臓」

私の気も知らず、部長はウキウキと説明を始める。

「材料はね、ナマズの内臓と米粉と水と砂糖。塩漬けにしたナマズの内臓を細かく切り刻んで、残りの材料を混ぜた生地に練りこむの。切って伸ばして油で揚げてできあがり。お味はどうかな」

試作品であるならば、正直に答えた方がいいのだろうか。おいしいという概念からは外れると思います、唯一無二の味ですね、(物) 好きな人は好きだと思います——。しかし相手は先輩だ。悩んだあげく、さらりと流すことにした。

「チャレンジャーな料理ですね。でも、なんで内臓なんですか」

「捨てちゃうの、もったいないじゃない。食品ロス削減が叫ばれている昨今よ。それに来《きた》るべき食糧難時代に備え、廃棄される食材を有効活用する研究をするべきだと思わない？」

そう言うと部長は、私の背後の壁を指さした。その先には、昨日までなかった「第一回 高校生ＳＤＧｓアイデア甲子園～持続可能な未来を拓《ひら》け～」のポスターがある。薔薇少女軍団がガッツポーズしている構図で、「渡辺予約ズミ。はがすな　さわるな」と小学生のような字の付箋《ふせん》も貼ってあった。

「すごい、優勝者には十万円分の図書カード。応募するんですか？」

「もちろん。一年生に負けてられないし。ところで、そっちの甲子園はどうなのよ」

「応募したばかりじゃないですか。書類審査の結果は七月十五日に公式サイトで発表されるそうです」

「じゃあ、それまでは生きた心地がしないね」

その通りですねと言いたいところなのだけど、書類を出せたことに満足してしまって、その先を考えるまでの境地に達していなかった。

「さくらちゃん、『ご当地おいしい！甲子園』のサイトが更新されてるよ」

ちょっと離れた席にいた副部長が、スマホを片手にひらひら振っている。

「まさか、もう結果が出たとか」

慌てて自分のスマホを取り出した。お気に入りに登録してある公式サイトを見ると、確かに「ニュース」が二本増えている。一本は「締め切りました。多数のご応募ありがとうございました」の定型文で、もう一つは……。

――予選当日、『サプライズ』を二つ発表します。お楽しみに――

「サプライズ？」

首をひねっていると、部長が私の肩に手を置いた。

「まぁ、予選に進んでから考えなよ。ところで、ナマズの内臓せんべいって、実は三種類あるのよ。ナマズの皮を使ったものと、内臓だけ使ったものと、ミックス。全部食べてみて。鈴木さんは食レポ得意だって話だから、神宮寺先生にお願いして、食レポ動画作ってナカスイ公式チャンネルにアップしよう！」

部長の笑顔は、「お気持ちだけで」と言わせない圧があった——。


ついに、七月十五日になった。

落ち着かないのは私ぐらいで、他のメンバーは通常モードだ。

金曜日は一限目から水産実習で、しかもこの日はウナギの解剖実習。その準備と不安で、結果発表のことは気づけば頭から飛んでしまっていた。

実習室の実習台は六人掛けで、水産研究部の六人は同じ台にされた。各台とも、三つの白いバットの中に麻酔がかけられたウナギがそれぞれ一匹ずつ横たわっている。

神宮寺先生は、ピンクのチョークで黒板に勢いよく「鰓」と書いた。

「進藤君、あれなんて読むの」

右隣に座る彼にこっそり訊いてみる。

「エラ」

「なんで『魚偏に思う』でエラになるの」

「『思』の上の『田』は田んぼじゃなくて、子どもの頭の象形なんだよ。『心』は心臓」

「へえ！」

「だから、『鰓《えら》』は魚の頭と心臓のあいだでひくひく動く状態を表したものらしいよ」

「なんか私、生涯『鰓』って漢字を書ける気がする」

指示棒で「鰓」の漢字を叩《たた》きながら、先生はみんなを見回した。

「ウナギは他の淡水魚と比較して様々な特色があります。まずは鰓。ほかの淡水魚は鰓蓋《えらぶた》を開くと四対の鰓弁《さいべん》が見えますが、ウナギの鰓蓋は袋状。胸びれの陰に隠れるように丸く鰓蓋孔が開くので、ピンセットで胸びれをつまないと鰓が確認できません」

ピンセットをひらひらと振りながら、先生はまくしたてていく。

「腹びれはありませんが、背びれはあり、そのまま尾びれとつながります。水の中から出すと背びれが体にくっついてしまいわかりづらいですが、ほかの魚と同様に背びれに鰭条《きじょう》とよばれる支柱のようなものがあります。切り取って顕微鏡で観察しましょう」

きじょう？　なんのことだと思いながら顕微鏡を見た私は合点《がてん》がいった。

「ここかぁ。合格祝いで鯛《たい》の尾頭付き食べたとき、指に鯛のとげとげが刺さって痛いと思ったけど、鰭条っていうんだ」

「知らなかったのかよ。だっせー」

鼻で笑う渡辺君に注意を与えるかのように、先生は黒板をバンバンと叩いた。

「そして、ウナギといえば表面のぬめり！　粘液が体表を覆い、鱗《うろこ》は皮下に埋没しています。さあ、観察しますよ」

「ウナギに鱗があるんだ！」

まさに、目から鱗。まじまじと目の前の黒い直線体を眺める。考えてみれば、ウナギって蒲焼《かばや》きの状態しか見たことがなかった。用水路掃除のときは腰を抜かしてよく覚えていない。

進藤君は、メスを慣れた様子で操《あやつ》った。

「表面をサッサと削ると、皮膚の下から鱗が剝《は》がれ落ちるんだよ」

そのままスマートに顕微鏡にセットしてくれたので、覗《のぞ》いてみる。ウナギの鱗は楕円形なんだ。ふと、自分がおばあちゃんになったとき、孫に「おばあちゃんはねぇ、若いころウナギの鱗を見たことがあったんだよ」と自慢するシーンを想像してしまった。

「では、みなさん。解剖に入りますよ。メスとハサミを持ちましょう」

「先生、質問ー！」

勢いよく渡辺君は右手を挙げた。

「解剖終わったら、蒲焼きにすんの？　土用の丑《うし》の日近いもんね」

教室が爆笑に包まれる。私も同じ疑問を持っていたなんて言えない。かさねちゃんがせせら笑った。

「バッカじゃないの。ここのウナギは採卵用に養殖してるんだから、食べられないよ。ホルモン剤いっぱい投与されてるもん」

さすがナカスイ一族、かさねちゃんはナカスイで育てている魚には詳しい。

「別に気にしねえけどな」

「しなよ」

解剖からくるハイテンションで実習室は騒がしかった。ドアがこんこんと叩かれても、誰も気づかない。ノックの主は三原《みはら》教頭先生だ。上品で、往年の名女優と言っても疑う人はいないくらいエレガントな先生が入ってきて、神宮寺先生に何か耳打ちするとすぐに出ていってしまった。

「みなさん。臨時ニュースです」

先生はパンパンと手を叩いた。

「女子チームが応募していた『ご当地おいしい！甲子園』。ナカスイが書類選考を通過したと、さっき事務局からわが校に電話があったそうです」

部屋が同級生たちの歓声で満たされた。あまりの騒ぎに壁が破れそう。私はその反対で、立ちすくんだまま声も出ない。

「関東甲信越地区は五十五校から応募があり、五校が通過したんですって。激戦でしたね。おめでとう！」

私はただただ、ポカンとしていた。かさねちゃんはガッツポーズをして飛び上がりその勢いでなぜか渡辺君を殴《なぐ》り倒し、小百合ちゃんは両手で頬《ほお》を押さえていた。進藤君はクラスのみんなを先導して万歳三唱を行い、島崎君はその様子をスマホで動画撮影している。

「よく頑張りました」

先生が優しい目で私を見る。あの「青春」の詩を説明してくれたときのような温かい眼差《まなざ》しだ。しかし、すぐに厳しく光った。

「でもここで満足しないでね。予選を通過して決勝に進むのよ。もちろん、目指すのは優勝でしょう？」

もちろんです！　頑張ります。そう言いたいのに何も言葉が出てこない。ただ、何度も何度も頷いた。


「しかし、さくらが新聞デビューするとはね」

ソファに畳《たた》んで置いてある地元紙を指さし、ママが隣にいる私に嬉《うれ》しそうに話しかける。

十三面にある県北版の中ほどに、「那珂川水産高校『ご当地おいしい！甲子園』予選に選出」の見出しで女子チームの集合写真が載っていた。右端のかさねちゃんは弾ける笑顔でギャルピースを作り、左端の小百合ちゃんは明後日《あさって》の方向を向き、センターの私は無表情の直立不動で写っている。

「やめてよ恥ずかしい」

夕飯のすき焼きをつつきながら、新聞から顔をそむけた。

「さくら、パパの分の肉も食べるか」

私の向かいに座るパパが、鍋の肉を指さして言う。珍しい！　今までそんなことを言ったことないのに。逆に、「肉食べると太るぞ」と私の分まで食べてしまっていたくらいだ。たまには家を離れてみるものだと実感した。

ナカスイは、明日七月二十一日から夏休みに入る。ずっと下宿にいるのも大和さん家に悪いからとママが言い、終業式の今日、車で迎えに来たのだ。ちなみに小百合ちゃんは、お盆だけ帰省するらしい。

「どうだ、三か月半ぶりの我が家は。やっぱり自分の家はいいだろう？」

黒縁メガネ越しに、パパがちらちらと私を見る。

「まぁ……ね」

すき焼きに生卵をつけながら、ちょっと照れた。

調理師免許を持つ大和のオジさんの料理を食べ続けていたから、ママの料理の「家庭っぽさ」にどこかホッとするような笑えるような、変な感じだ。切り方がアバウトなネギ、市販の味が際立つすき焼きのタレ、広げずに投入したので塊《かたまり》のまま煮えている薄切りの牛肉、全然切ってないので立ち上がらないと掬《すく》いきれない白滝《しらたき》――。でも、これがいいんだ。

「ねえ、さくら。ナカスイに宇都宮から通ってる子もいるんですって？」

「ああ、進藤君。電車とバスで一時間半くらいだって。月二万かかるけど、一万は那珂川町から補助が出るって言ってた。島崎君はなんと埼玉県から新幹線通学だよ」

「だったら、さくらも二学期から自宅通学にしたら？」

「え」

箸《はし》が止まった。

「学校にも慣れたでしょ？　同じ県内なのに、下宿ってやっぱり大げさよ」

「な、なんで。下宿代高い？　生活苦しい？」

半分ビンゴなのか、ママは視線を泳がせた。

「いや、そういうワケじゃないけど。下宿代も町から補助あるし。でも、パパが寂しいって言うからさ」

「何言ってんだ。ママだってさくらがいなくて、つらいって泣いてたろ」

その割には、娘をほったらかしてゴールデンウイークに旅行に行ってたような。

「私、宇都宮にいたくないもん」

思わず本音が出た。パパとママの視線が痛い。

「まだ気にしてるの、さくら。あのこと」

「してるに決まってんじゃん！」

「もうみんな忘れてるわよ。一年も経《た》つんだし」

「忘れてないよ！」

「ま、まあ。いいじゃないか。今日する話じゃない。ほら、さくら。肉だ、肉」

パパが慌てて肉の塊を私の取り皿に入れる。やけくそのように、私は口の中に放り込んだ。

誕生日かクリスマスかと思うほどの肉の量に加えて、ホールケーキまで出たのでお腹が苦しい。夕食のあと、階段を這《は》いずるように上っていって自分の部屋のベッドに横になった。

久々に見ても、個性のない部屋だとつくづく思う。ついでに言うと、この家は普通の住宅街にある何の変哲もない建売住宅だ。かさねちゃん家の下宿とは大違い。最初は古くて怖くてイヤだったけど、あの味のある建物にすっかり慣れてしまった。

唸《うな》りながら体を起こして、窓を開ける。

空を見上げても、街の明かりが邪魔をして星はあまり見えない。賑《にぎ》やかすぎてメゲそうなカエルの合唱がない代わりに、バイクや車の騒音が耳をつんざく。山の緑の香りも、川のしっとりとした風もない。わが家ってこんなに無味乾燥な場所にあったんだ。

ベッドに置いてあったスマホから通知音がした。LINEかなと手に取って血の気が引いた。グループLINEにトークを送ってきたのは、杏《あん》ちゃん。中学時代の友だち――いや、友だちだった。このグループLINEの名称は「さくら・杏・鈴奈《すずな》の部屋」。最後にトークがあってから何か月経つだろう。すっかり終わったと思っていた。見たくもないのに待機画面にメッセージ内容が表示されている。

「やっほー。さくら、元気？　新聞見たよ。スゴイね、超有名人ｗ」

またLINEの通知音。今度は鈴奈ちゃんだ。

「久しぶり～！　私も新聞見たよ。さくら、ナカスイ公式ユーチューブチャンネルにも出てるんだね。食レポ、上手じゃんｗｗ」

既読スルーしようか。それはそれで腹が立つ。ためらわず設定をいじった。今ごろ、二人に私のグループLINE退会通知が届いただろう。

ついでに二人のブロック処理も済ませる。全部の作業は三分もかからなかった。ずっと友だちだなんて言ってたけど、カップラーメンができる間に終わるような関係だったんだ。

中学時代は一人になるのがイヤで、プライドも捨ててあの子たちにすがっていた。でも別々の学校に進み、さらに宇都宮を離れたことで、私の心の中の「ふるい」がかかったようだ。あの二人は、私の世界には必要のない存在だったのだと身に染みてわかる。切り捨てることも怖くない。ナカスイや下宿で一人で過ごしていたことは、強さと勇気を育ててくれたんだ。

「すっきりー！」

まるで泥抜きをしたみたい。爽《さわ》やかな気持ちに包まれて、朝までぐっすり眠ることができた。

「あれ、なんで戻ってきたの」

翌日のお昼、ママに連れられて大和のオジさんに挨拶に行ったら、地味な姿のかさねちゃんが玄関に出てきた。

話し込む大人たちは置いといて、かさねちゃんに向き直る。

「夏休み返上！　グダグダしていた私は生まれ変わったの。今は、甲子園が最重要課題だもの。家でのんびりしている時間なんてない。毎日毎日練習します。パパとママをそう説得して、戻ってきた」

「練習？　何かすることあったっけ」

ママが鋭い目で私を振り返る。ヤバい。私の根拠が崩れていく。宇都宮にいたくなくて、さっさと戻りたいだけだというのがバレてしまう。でも、過去を乗り越えて前を向いて生きていくために、甲子園の決勝に進んで優勝したい。そのためには今、甲子園に全力投球しなくてはならないんだ。

「フォローしてよ！」という必死の目でかさねちゃんを見るけど、全然察してくれそうにない。

「いいか、かさね。お前もアニメばっかり観てねえで、さくらちゃんや小百合ちゃんと料理の特訓するんだぞ」

意外にもオジさんがアシストしてくれた。しかし、その言葉はかさねちゃんには逆効果だったらしい。

「何言ってんだよ、夏に休むから夏休みって言うんだよ！　あたしは家のことも何もしないで、アニメ観るからね！」

「逆だろう、アニメの方を休め！」

ダメだ、こりゃ。

「どうしたの……」

小百合ちゃんが離れからやって来た。ああ懐かしい。たった一晩離れていただけなのに私の居場所はここだと感じている。このメンバー、この建物、この空気――。

「あのね、私は夏休みはずっとここで甲子園に向けて特訓したい。かさねちゃん、小百合ちゃんと一緒に。一分プレゼンを完璧に仕上げて、規定の時間できっちり料理を完成できるようになりたい。練習で百三十パーセントできて初めて、本番で百パーセントの力が発揮できるんだよ」

オリンピック金メダリストの言葉だったけど、かさねちゃんの頬がピクッとなった。

「彼が……似たようなことを言ってた」

彼？　オジさんと私が目を見開くと、かさねちゃんは目を閉じて、思いを吐露するように言う。

「あたしが今ハマっている夏アニメ『演劇少年！』で、推しキャラの流星《りゅうせい》君が言ってた。彼はね、高校の演劇祭優勝を目指しているの。セリフを練習で百回よどみなく言えて初めて、本番で間違いなく言えるんだって」

「アニメかよ」

オジさんと私のツッコミがシンクロした。

「オバさん、あたし頑張るね。夏休み返上して、この子をビシバシしごくよ。絶対優勝して今度は新聞の一面を飾るから、楽しみにしてて」

かさねちゃんが、ママの手を握って力説する。ママは「仕方ないなぁ」とつぶやいて、苦笑いした。

「ウチのさくらって自分じゃ普通だと嘆く割に、料理はからっきしダメなの。そこは私そっくりだから。かさねちゃん、遠慮なくしごいてやってちょうだい」

「まかせて！」

私を見るかさねちゃんの目は、熱血コーチのように燃えていた——。

校内予選では勝利した「総集編ピザまん」は、全国では通用しないと神宮寺先生にダメ出しをくらい、「シーフードグラタンパイ」に変更して応募していた。

パイということで華もあり、海なし県なのにシーフードグラタンという意外性も良い。これなら予選突破も夢ではない。

ただし、私が頑張れば。

調理の練習場は、下宿の台所だ。もともとは土間に台所があった流れで、玄関の戸を開けてすぐ右側が台所という謎《なぞ》な造りになっている。

連日、その不思議空間にかさねちゃんの怒号《どごう》が響き渡った。

「何よ、そのへっぴり腰は！」

そう叫びながら、シンク前に立つ私の腰を三十センチの定規でぴしゃりと打つ。

「まな板に平行に、こぶし一個分開けた位置に立つ！」

「姿勢が味になんの関係があるのさ」

叩かれた場所をさすっていると、かさねちゃんの目が見る見る吊《つ》り上がっていく。

「何言ってんの、料理に対する真摯《しんし》な姿勢は味に反映されるのよ」

玄関の戸がガラガラ開く音が聞こえて、小百合ちゃんが両手にバケツを持って入ってきた。

「はい、これが泥抜きしたザリとサワガニ。シジミは今獲ってきた……」

そう言いながら、小百合ちゃんはテーブルのザルの上に次々に食材を載せていく。

「いいよね、材料は豊富だし、そのへんで獲れるので予算の心配はないし」

動き回るザリやサワガニを見つめる私の腰を、かさねちゃんは定規でペンペンと引っぱたいた。

「ボケッとするな！　ほら、まずはザリの塩茹《ゆ》で！」

「はいっ」

ザリはもぞもぞ動いている。三か月前の私は、可哀そうで鍋に入れることができなかった。魚に思うと書いて、鰓。死を前にしたザリは今、何を思うのか。君たちの命は無駄にはしない、必ず全部食べて文字通り血肉にするからねと心で叫び、鍋に放り込んだ。

問題はパイ生地《きじ》。パイなら華があっていいね、なんて笑っていた自分を殴ってやりたい。生地を作るのがこんなに大変だとは思わなかった。

ストップウォッチを片手に、かさねちゃんが叫ぶ。

「ほら、素早く手を動かす！　材料が温まっちゃうと、バターが溶けて生地が固くなるし、膨らまないんだよ。特に夏場は大変なんだからね」

大きなボウルで粉とバターを混ぜ合わせながら、私はパイにしなきゃよかったと後悔した。とにかく、焼き上がりが不安定なのだ。

「打ち粉が多すぎる！　膨らみが悪くなるよ。折り込むとき、生地についてる打ち粉を刷毛《はけ》で落として！」

ちょっとでも混ぜ方や練り方がおかしいと、生焼けになったりペシャンコになったりした。焼き上がりを見ては、かさね大先生がああだこうだと論評する。

私たちの様子を眺めていた小百合ちゃんが、ポツリと言った。

「事前の料理時間は一時間、本調理時間は三十分でしょ。どういう風に配分するの」

頬をぽりぽりと掻《か》きながら、かさねちゃんが天井を見上げて考えた。

「事前調理時間にパイ生地とシーフードグラタンを作って、本調理時間は生地を伸ばして成型して、グラタン入れて焼いて終わる感じだね。パイ生地は一時間じゃ厳しいな。夏でバターが溶けやすいから失敗のリスクも高いし。フードプロセッサーを使う時短バージョンにするか」

「なんだ、簡単にできるなら初めからそうすりゃ良かったじゃん」

かさねちゃんの眉がキリリと上がる。

「努力を怠《おこた》るんじゃなーい！」

私の腰を定規でペシペシ引っぱたきながら、発破《はっぱ》をかけるのが彼女のスタイルとなった。

グラタンに使うホワイトソース作りも難しい。鍋で温めながら小麦粉を牛乳で伸ばしていく過程で、昨日はうまくできても今日はダマになってしまう。

悲惨な仕上がりを見て、かさねちゃんがため息をついた。

「あんたって本当に不安定だねぇ。電子レンジ使って作る時短版にするか」

「なんだ、簡単にできるなら初めからそうすりゃ……」

かさねちゃんの顔つきが変わった。この間テレビで観た、恐い顔で有名な「ブラックシーデビル」って魚みたいだ。

「はい、すみません、努力を怠りません」

私はペコペコと頭を下げた。

お昼に食べるのはもちろん、午前の練習で作った試作品だ。広間の座卓でパイをかじりながら、私はため息をついた。

「いい加減、飽きるよねぇ。毎日毎日同じもの……。しかもパイってバターいっぱいだからしつこいし」

「ひ、ひどいよ。飽きるなんて」

小百合ちゃんは、心の定規で私をピシャリと打つ。

「ザリもシジミもサワガニも、このために命を落としたんだからね」

「はい、わかりました、すみません！　感謝しながらいただきます！」

「しかしさ、不思議だよね」

イッキに口に放り込み、もぐもぐと咀嚼《そしゃく》してからかさねちゃんは言った。

「ホワイトソースやパイ生地作りはできるようになったけど、毎日毎日味が違うんだもんね。上達していくのとは別な意味で。心電図みたい。上がったり下がったり」

「そういや、ママがコーヒーの淹《い》れ方教室に行ったら、毎日毎日同じ味に淹れられたらプロになれるって言われたんだって」

口直しにインスタントコーヒーを飲みながら、私は思い出した。

「あんたのママってコーヒー淹れるの上手なんだ」

「いや、インスタントの方がまし」

二人で大笑いする。ああ、楽しいな。やっぱり戻ってきて良かった。ちらっと見たら小百合ちやんも噴き出していて、なおさら嬉しくなる。

小百合ちゃんが、ふと真顔になった。

「事前調理の三十分で、鈴木さんがグラタンとパイ生地両方やるの？」

当然だという顔をして、かさねちゃんが頷く。

「そりゃそうでしょ。あたしたちは数合わせだもん」

「そんなー！　千手観音《せんじゅかんのん》くらい手がないと無理ですよ、先生。かさね大先生！」

「仕方ないわね。グラタンはあたしがやる。芳村さんはタイムキーパーね。あたしたちの作業を見ながら一分ごとに残り時間を言って」

「わ、わかった」

ブンブンと首を縦に振る小百合ちゃんの表情は真剣だ。なんか可愛い。

毎日かさねちゃんの指導を受けているうちに、料理って意外に奥深くて面白いものだ、もっともっと勉強してみたいかも――なんて思うようになった。

午後は、明日使う材料を獲りに用水路まで出掛ける。

割とあっさり獲れてしまうし、転倒に備えて水着も着ているので、そのまま川で遊んでしまうことも多い。生徒だけで川遊びをすると先生に叱られるのだけど、かさねちゃんは水深が浅くて穏やかな流れという秘密の遊び場所をいくつも知っていた。

水着の上にTシャツと短パン姿で、かさねちゃんに借りたゴーグルをつけて川に潜《もぐ》ってみる。

私は、陸から水の世界に転生した。

透明な世界を、魚たちが泳いでいる。小さい魚、大きな魚。

顔を上げて小百合ちゃんに報告すると、種類は何だった？　と訊かれる。

言葉に詰まり、今度は二人で顔を突っ込んだ。息が苦しくなって顔を上げると、プハァと息を吸い、小百合ちゃんは叫ぶ。

「カワムツ、オイカワ、ウグイ！」

「見分けつかないよ！」

「じゃあ、もう一回潜って。違いを説明するから」

「水の中で？」

鈴を転がすように、小百合ちゃんは笑い声をあげた。

笑って、じゃれて、はしゃいだ夏……。

川遊びのイラストを手紙と一緒にママに送ったら、ハガキに一行だけ書かれた返事が来た。

「ママもこんな青春が送りたかった。めちゃくちゃ羨《うらや》ましい」

夜は、下宿の広間で一分プレゼンの練習。もちろん、話すのは私だ。小百合ちゃんがスマホのストップウォッチで計測し、かさねちゃんは監督兼演出家となる。

私は仁王《におう》立ちになり、お腹の底から声を出した。

「私たちは、栃木県立那珂川水産高校の一年生です。海なし県にある水産高校としては、なんと全国唯一の学校です。学校のある那珂川町は八溝山地を始めとする山々に囲まれ、那珂川のような清流がいくつも流れて――」

「ストーップ！」

雑誌を丸めたメガホンで壁を叩くと、かさねちゃんは首を横に振った。

「ダメだね、ダメダメ。感情がこもってないよ、感情が」

「どうやってこめるんだよ、この内容で」

もう一時間もダメだしの連続だ。ほとほとイヤになって、座卓の上に置いてあったコップの水を飲みほした。喋《しゃべ》りすぎて喉《のど》が痛い。

「あんたのセリフじゃ、見えないのよ。山の緑も、川の流れも。セリフを言うだけで、それを観客に伝えようと考えてないでしょ？　そんな上《うわ》っ面《つら》じゃ、何も伝わらない。ただ、機械音声が流れているだけと同じこと。観客は帰っちまうよ」

後半は絶対、アニメに出てきたセリフに違いない。でも、高校生が必死に伝えようとする姿は、審査員に絶対アピールするはずだとかさねちゃんが力説するので、私は連日連夜、喉を振り絞って頑張った。そして、プレゼン練習の後は——。

「どう？　この柄《がら》」

広間の座卓を囲んで座る私と小百合ちゃんに、かさねちゃんがスマホの画面を見せた。エプロンの画像が表示されている。私は秒で返した。

「却下」

「なんでよ！　テンション上がるじゃないのよ」

「やだよ、そんな絵！」

そのエプロンは「演劇少年！」のグッズで、エプロン全面にかさねちゃんの推しキャラである流星君がドドンと描かれていた。しかし――。

「なんで裸エプロン姿なんだよ！」

「その方が売れるからに決まってんでしょ。色違い全部買おうかな。それを本番で使えば、ナカスイが大会参加経費で落としてくれるんでしょ」

「経費で落ちる前に、予選で落ちるよ」

小百合ちゃんは手元のスマホで、去年の大会風景を眺めている。

「エプロン姿じゃなくてもいいみたい……。白の割烹着《かっぽうぎ》とかコック服とか、いろいろ。でも基本的にどこも無地だよ」

「そんなんじゃ、やる気スイッチ入んない」

かさねちゃんは顎《あご》を座卓の上に乗せて、ため息をついた。

「こ、これは？」

小百合ちゃんは、緑と青のツートンカラーのエプロンを画面に表示させる。安くて有名なファストファッションのサイトだ。

「それは……！」

勢いよく顔を上げると小百合ちゃんのスマホを奪い、かさねちゃんはマジマジと画面を眺めた。

「流星君がしているエプロンと、同じデザインじゃないの……。決まり、これだ！」

「えー！」

「ほら、あんたもよく見なさいよ。緑と青。八溝山地の緑と、那珂川の流れの青を表わしているの。アピールになるよ、これは！」

かさねちゃんのテンションは、絶対当日の出来に影響する。裸エプロン柄よりはマシだろうと、その提案を受け入れた。


県の北東部にあるナカスイは、冬休みが長い。その代わりに夏休みが少し短くなる。八月二十九日に始業式を迎えたかと思いきや、明日は予選本番だ。

「公式に学校サボれてラッキー！　しかも池袋だし」

かさねちゃんは嬉しそうに叫びながらバンザイをした。式が終わった後は帰宅できるので、私や小百合ちゃんと下宿の広間で最終確認をしているのだ。

「サボりじゃない！　部活動なんだから。いい？　一緒に確認してよ」

私はムカつきながら、大きな紙袋を二人に示した。

「これが、明日に備えて神宮寺先生からさっき預かってきたもの一式ね。まずはマニュアル、これが注意事項」

紙袋から書類を出し、次々に座卓に置こうとすると、菓子箱のような紙箱が入っていることに気づいた。

「なんだろう、この箱。付箋《ふせん》が貼ってある——部長より預かりもの　神宮寺——だって。部長が何かくれたみたい」

箱を開けると、茶色の薄くて丸い物体がいっぱい入っていた。これは——この前、部長に食べさせられた、あのおせんべいではなかろうか。でも、一つ違うことが。

向かいに座るかさねちゃんが、中を覗き込んで歓声を上げた。

「おお！　さすが部長！」

おせんべいには、一枚一枚メッセージが書いてあった。醬油《しょうゆ》で書いたんだろうか。

『ガンバレ』『優勝旗待ってます』『ドスコイ！』『土産はいらない　吉報を持って帰れ』などなど。

素直に嬉しい。なんて心が温まるんだろう。でもこのおせんべいは……。

「やったぁ、一枚もらい！」

あっという間にバリバリ食べたかさねちゃんは、すぐに動きが止まった。

「なによ、これ」

「ナマズの内臓せんべいだと思う」

「意外とイケる」

「うそっ」

恐《おそ》る恐るかじってみると、確かにこの前よりは少しマシだった。少しだけど。

小百合ちゃんは、じっと書類を見ながらつぶやいた。

「……出場する五校は、ナカスイのほかに千葉県立柏《かしわ》商業高校、東京の聖《せい》ローザ女子学院、群馬県立館林《たてばやし》総合高校、新潟県立魚沼《うおぬま》工業高校。いろいろだね。そのうち、聖ローザは去年の準優勝校。神宮寺先生のメモによると、メンバーも同じで今年は優勝を誓《ちか》ってるんだって」

「欲を持ったら、負けよ」

かさねちゃんにいちばん言われたくない言葉だった。

「あたしたちの目標は決勝進出なんだから。池袋にもう一度行けるだけで十分。その意識をもって全力を尽くせばオッケー」

「で、でも、二年連続書類選考通過ってスゴイと思う……」

「聖ローザ女子学院ねぇ。学校名だけですでに負けてるわ。ユーチューブに去年の決勝動画あったよね。観てみるか」

かさねちゃんは頬杖をつきながら空《あ》いている手でスマホを操作し、そのまま「うげっ」とつぶやいた。

「え、なに」

スマホを覗き込むと、オススメ動画一覧の中に「ティータイム刑事・神無月アキラ　小松原茜ゲスト登場回」とある。かさねちゃんが騒いでいた回だ。

彼女は無言でスマホを畳に放り投げた。

「なんで、観せてよ」

「やめてよ、あんな棒演技。テレビ放映の最中、作品の公式ツイッターが大炎上したのを知らないの？」

そこまで言うんなら、観ずにはいられない。私は自分のスマホで動画を再生した。

『アキラ君。ひどーい。あなた、私を疑っていたのね』

確かにひどい、お手本のような棒読みだった。しかし、個性のある声だ。鼻にかかった、ちょっとハスキーな――。

ふと、小百合ちゃんに気づいた。目を見開き、小刻みに震えている。

「やだ、どうしたの小百合ちゃん」

「そ、その声が……小松原茜なの？　本名？」

「ちと待って」

ただならぬ気配を察したのか、かさねちゃんはすぐに検索を始めた。

「本名ではないみたい。ネット情報しかないから真偽は不明だけど、本名は小松《こまつ》アカネらしい。東京都新宿区出身だって」

「！」

顔を両手で覆い、小百合ちゃんは座卓に突っ伏した。

「やだ、どうしたの」

慌てて、小百合ちゃんの背中をさする。彼女は、顔を上げずに声を絞り出した。

「わ、私にひどいこと言ったのって……この子」

「うっわー。サイテーなのは演技だけじゃなかったんだ」

かさねちゃんは心底イヤそうに吐き捨てる。ふと、私は思い出した。

「そういえば、薔薇少女軍団がホームにしているライブ会場、池袋にあるんじゃなかったっけ？」

小百合ちゃんが顔を上げると、血相が変わっている。

「じゃ、じゃあ、街で偶然会ったりするの？　わ、私、明日行かない。二人で頑張って」

「ここまで来て、何言ってんの」

私は慌ててた。メンバーチェンジは失格なのだ。

「大丈夫。私がずっとそばにいてガードするから」

「やだ、やだよ。やだ」

「安心しな。見かけたら、あたしがただじゃおかない。ティータイム刑事の件の復讐もあるし」

腕組みしながらドスの利《き》いた声で宣言するかさねちゃんの姿は、何よりも説得力がある。小百合ちゃんは、弱々しく頷いた。

さっさと準備を終えて一休みしようとしたものの、かさねちゃんが「明日の本番に備えてリフレッシュしてこよう」と提案し、自転車で三十分ほどの場所にある「馬頭《ばとう》温泉郷」に行くことになった。

温泉宿は九つあって、日帰り入浴ができる所が多いらしい。かさねちゃんはその中から、「ここが私的ベスト」という「なかがわの湯」を選んだ。

露天風呂に出て驚いた。もう、目の前……というか目の下が那珂川なのだ。露天の床が河原石を積んだように作られていることもあって、まるで川そのものが温泉みたい。

「気持ちいいでしょ。滑《なめ》らかな肌になるから、別名『美人の湯』！」

頭にタオルを巻いたかさねちゃんは、思わせぶりに笑った。

透明なお湯は不思議な手触りで、とろとろしている。かさねちゃんや大和のオバさんを考えると、確かに効果がありそう。ついでに神宮寺先生も。このあたりの川漁師の家に間借りしてるって話だから、きっと馬頭温泉も愛用しているはずだ。彼女に気づかれないように、頻に何度もお湯を叩きつける。

ひとつ、謎なことがあった。

「かさねちゃん、なんで『馬頭』温泉なの」

「那珂川町って、馬頭町《まち》と小川町《おがわまち》が合併してできたんだよ。だから、若鮎大橋のところに馬の像あったでしょ」

言われてみれば確かに！　鮎の名前がつく橋なのに、なんで馬なんだと不思議だったけど、謎が解けた。

「芳村さんも来ればよかったのにな。気分転換にさ」

小百合ちゃんは、誰かとお風呂に入るなんて絶対イヤだと固辞したのだった。

「しかし、ビックリだよねぇ。小松原茜。あたし、あの声には腹黒いものを感じていたのよ。直観は正しかった」

私は文字通り頭を抱えた。

「本当に街で会ったりしちゃったら、どうしよう」

「まかせな。芳村さんの仇《かたき》をとってやる。あたしたちの可愛い同志を、よくも……！」

「仇をとる？　どうやって」

「みんなの前で『この子が芳村小百合だ。お前の過去はみんなお見通しだ！』って突き付けて、自分の罪を認めさせんのよ。それができないなら、ＳＮＳにいじめの過去を暴露してやる。あたしは許せないのよ。あんな大人しい子を不登校になるまで追い詰めるなんてさ」

ギャルでアニオタとしか思ってなかったけど、かさねちゃんは意外に侠気《おとこぎ》にあふれている。ナカスイにいる魚に関しては、知識も豊富だし。

「なんというか……かさねちゃんは、いろいろスゴイよね」

思わず、ポロリと本音が出た。

「あんたもスゴイけど」

「私が？」

「うん。協調性ゼロのあたしと芳村さんを、ここまで引っ張ってきたし。向上心もあるし。全然普通じゃないじゃん。このウソつき」

もしや、褒められているのか。裸の付き合いをしていることもあり、ちょっと気恥ずかしくて下を向いた。

「でもまぁ、いつもいつも三人一緒なんて、一年のときだけだからね」

「え、なんで」

「だって、ナカスイは二年から三つのコースに分かれるじゃん。『食品加工』『養殖技術』『河川環境』。クラスもそれぞれ違うし。あたしたち三人が全員同じコースを選ぶなんて、ありえないっしょ」

コース？　全く何も考えていなかった。

「かさねちゃんは、どこ行くの」

「まだ決めてないけど、そろそろ一回目の意向調査があるはずだよ。お姉ちゃんのときはそうだった」

そうか。この瞬間は、今だけのものなんだ。私たち三人そろってアレコレ考えて悩んで、笑ったこの時間は、もう終わりに——。

「ほら、見てごらん」

かさねちゃんが前を指さした。

夕陽が、空と那珂川を黄昏《たそがれ》色に染め上げながら遠くの山々に沈んでいく。お湯と私たちも同じ色になって溶け合い、すべてが一つになった。

「あの山は？　あれも八溝山地？」

「反対方向でしょ！　あれは日光連山《にっこうれんざん》。男体山《なんたいさん》、女峰山《にょほうさん》……あれ、あと何だっけ」

「すごい、すごいよ！　こんな夕焼けが見られるなんて」

「馬頭温泉郷が、別名は夕焼け温泉郷って呼ばれる理由がわかったでしょ」

何度も頷きながら、ただ黄昏の余韻に浸った。

こんなにキレイなのに、なんで哀しい気持ちになるんだろう。あの輝きの中には「切ない成分」が含まれているんだろうか。

目の際《きわ》にあるのが涙だと彼女にバレないように、お湯をバシャバシャと顔にかける。

リフレッシュしたおかげか、その夜はぐっすり眠ることができた。


翌朝は、なんと五時に出発だった。まだほの暗い中、制服姿の私たちは下宿の前で神宮寺先生の車を待つ。

「ねぇ、カンカン照りで暑いのと、曇り空で蒸し暑いの、どっちがマシかなぁ」

眠そうな声で、かさねちゃんが訊いてくる。

「どっちでもいいじゃん。今日は一日屋内だし」

「あたし、予選が終わったらすぐにアニメショップめぐりするんだもん」

「そっか、かさねちゃんはそっちが本番だっけ」

「…………」

ふと気になり小百合ちゃんを見ると、力なく俯《うつむ》いている。

かさねちゃんは、彼女の肩に手を置いた。

「猫背だと、内臓脂肪が溜《た》まるらしいよ。オヤジが言ってた」

下手な励ましよりも効いたのか、小百合ちゃんはクスッと笑って顔を上げた。

「み、見て。日の出だよ」

彼女が指し示す方向を見ると、山の際が明るくなっていた。あれこそが八溝山地だ。

「日光連山に沈んだ夕陽が、八溝山地から朝日となって昇る。不思議なもんだね……」

「当たり前じゃないの。太陽は西に沈んで東から昇るんだから」

かさねちゃんに余韻を壊されていると、車のエンジン音が聞こえてきた。ほの暗い中を、車のライトが伸びてくる。

クラクションをプップと鳴らして、グリーンのワゴン車が急停止した。鮎の痛車だ。こんな車に乗るのは、おそらく世界にただ一人。

助手席側の窓が開き、運転席にいる神宮寺先生がウインクした。

「おはよう、可愛い若鮎さんたち。調子はどうかしら？」

「バッチリです！」

私たちは元気いっぱいに答えた。

「オッケー。完璧ね。じゃあ乗りなさい。戦場へ出発するわよ」

きゃあきゃあ騒ぎながら、私たちは先生の車に乗り込んだ。

ついにこの日が来たんだ。私は、何度も深呼吸して心を落ちつかせる。

絶対、絶対決勝に進むんだ。大丈夫、勝てる。なんせナカスイは五十五校からの五校に選ばれたんだから。

でも、それは今日予選に臨む他の学校も同じだしなぁ。

池袋への道中、私は気分が盛り上がったり下がったり忙しかった——。

第六章　海なし県の水産グラタンパイで飛び跳ねろ

「ご当地おいしい！甲子園」関東甲信越地区予選の会場となる池袋調理・製菓専門学院は、ＪＲ池袋駅からすぐの賑やかな立地にあった。

私たちが待機する第一教室は、慌ただしい雰囲気に満ち満ちている。十時に始まる開会式まで二時間もあるけれど、事前調理が間もなく始まるのだ。

コロナ禍《か》で応援参加は禁止との連絡があり、もちろん渡辺君も許可されなかった。会場に入れるのは各校の参加者三人と顧問の先生一人だけ、つまりは四人×五校で二十人がこの部屋にいることになる。みんな学校ごとに固まって椅子《いす》に座り、騒いだり黙って資料を見たり、思い思いに過ごしていた。

「どうしよ、私たち絶対落ちる」

「だよねぇ。みんな強そうだもん」

どこかの女子が騒いでいる。テスト前の「全然勉強してない。どうしよう」と同じだ。スポーツで言えばマラソン大会の「私遅いから、一緒にゆっくりゴールしようね」のパターン。こういうのに限って満点とったり、ぶっちぎりトップでゴールしたりするんだ。絶対信じてはいけない。

第一、他人のことを気にしている場合ではなかった。一分プレゼンの内容を暗記したんだから、それを忘れないようにしないと。

両目を手で押さえ、上を向いてスピーチの内容をつぶやいた。私たちは……。

「私たちは、このために一年頑張ってきたんだから。すべてを出し切ろう」

誰だ、言い出しを重ねたのは。頭に来てキョロキョロ探すと部屋の隅《すみ》にいた。あの清楚《せいそ》な制服は聖ローザ女子学院の三人組だ。校名のとおり、そこはかとなくお嬢様オーラを放っている。ミニなんて論外のひざ下十センチくらいあるスカート丈、優雅な緋色《ひいろ》のリボン、フリルがまぶしい白いエプロン。真っ黒の長い髪はシンプルに後ろで縛り、エプロンに色もデザインもそろえた三角巾が頭に輝いている。ついでに、マスクの色とデザインも同じ白いフリルだ。

思わず、さっき受付でもらった資料を開いてみる。聖ローザ女子学院の料理名は「花いっぱいの、愛を。2022」とあり、説明を読むと彼女たちは園芸部で、料理には部活で育てた食べられる花——エディブルフラワーをふんだんに使っているらしい。

「あんたねぇ、今さらほかのチーム気にしたってどうにもならないし。気楽に過ごした方がいいよ」

かさねちゃんはその言葉どおり他の学校なんて我関せずで、「池袋アニメショップガイド」を熟読している。

「でもまずは今日の手順をきっちりシミュレーションして、しなくてもいいミスはしないこと」

神宮寺先生の指摘は厳しい。まるで、教室が池袋に引っ越してきたみたいだ。

「鈴木さん、今日の手順を言ってみてください」

授業かよと思いつつ、目を閉じて暗誦《あんしょう》した。一分プレゼン同様、頭に叩き込んであるのでスラスラ出てくる。

「八時五十分から事前調理開始で、十時半から始まる三十分の本調理タイムで仕上げられるように整えます。開会式が終わったら、五校が本調理に一斉にとりかかるのではなく、五月雨《さみだれ》式に行います。プレゼンも含めて、順番は、魚沼工業高校、柏商業高校、館林総合高校、そして四番目が私たち。最後の聖ローザ女子学院が終わったら、三十分間の集計・審査タイムになるので、私たちはその間に後片付けをします。十二時から結果発表。これは、本日全国各地で行われる予選についても、同じスケジュールです」

「はい、完璧ね」

満足そうに先生が頷いた。

だけれども、あれこれ暗記しすぎて脳みその容量がフルになっている。これ以上覚えると絶対何か忘れる気がするので、もう何も覚えないようにしよう。

小百合ちゃんが、不安そうに私を見る。

「サプライズって、いつ発表……？」

「わかんない」

「そりゃそうだよ。だってサプライズだもん」

そう言って本をテーブルに放り投げ、かさねちゃんは大きく伸びをした。うらやましい、この気楽さ。

サプライズ、サプライズ……。何が起こるか誰にもわからない。急に不安が襲ってきて、私は頭を抱える。

「いやだぁ、一分プレゼンの内容を忘れたらどうしよう。全部の会場に私の姿が中継されるんでしょ。しかも、公式サイトのアーカイブ映像に残るから、来年も再来年も未来永劫《えいごう》に私の無様《ぶざま》な姿が残るんだ」

「あんたって自意識過剰だねぇ」

「黒歴史を残すなんて、二度とごめんだよ！」

「へ？　二度と？」

しまった、また私は余計なことを。

「おはようございます！」

助け船のように、スーツ姿の美人が第一教室に入ってきた。神宮寺先生を百合とするなら、この人は藤。日本風の華やかさがある。座っていた参加者たちが一斉に立ち上がり、「おはようございます」と返した。

「わたくしスタッフの松平《まつだいら》です。間もなく事前調理が始まります。調理室に今からご案内しますので、引率の先生方はこちらにお残りください」

始まる！

この気持ちは体育祭の出場競技で、入場ゲートをくぐる直前と似ている気がする。久々に味わうこの興奮に包まれて、私たちは教室を後にした。でも、もう少しプレゼンの原稿を確認したかった……。

調理室に案内された私たちは歓声を上げた。さすが調理学校、すごく広い。ナカスイの調理室の二倍くらいありそう。そして機材も本格的で最先端だ。見たことのない調理器具もある。参加者たちは調理台に慌ただしく材料を広げ、さっそく準備に取り掛かった。調理の香りがもう漂《ただよ》ってくる。

そうだ、私たちもお上《のぼ》りさんをしている場合じゃない。特に私はパイ生地を仕込まねばならないのだ。一分たりとも無駄にできない。

「うげっ」

グラタン担当のかさねちゃんが、今まで聞いたことのないような唸《うな》り声をあげた。

「なに、どうしたの」

彼女は、鍋を持って凍りついている。

「ガスコンロじゃない……ＩＨだ。あたし、使ったことない」

「ええええっ」

エースのかさねちゃんが危機に陥《おちい》るなんて。チェンジしようにも、私の実家もガスコンロだった。

「だ、大丈夫。うちのマンションはＩＨだから、私が教えてあげる」

まさか、小百合ちゃんが救世主になるとは。安堵のため息をつき、私たちは準備に取り掛かった。


シャンデリアがまぶしく、重厚な絨毯《じゅうたん》に足が沈んでいきそう。そんな豪華な講堂に私たち参加者が並び、開会式が始まった。

「これより、第十一回『ご当地おいしい！甲子園』関東甲信越地区予選開会式を始めます。わたくし、今大会を主催する社団法人『日本おいしいもの調査会』代表であり、本日の司会進行を務めさせていただきます、松平早香《はやか》でございます」

壁に八面設置されたモニターが気になり、私の視線がそちらに行ってしまう。

画面には、全国七か所で行われる予選会場の様子がそれぞれ映っていた。ということは、向こうからもこちらが見えているということ。

池袋会場ではさらに、調理室の様子もモニターで中継される。でも怖がらなくて大丈夫なのだ。なぜなら、大会マニュアルにあったから。

「調理作業そのものは審査対象には入りません。理由は、調理科の生徒さんが有利になってしまうからです。あくまでも審査対象は三分間のＰＲ動画、一分間のプレゼンテーション、そして味、盛り付けなので、みなさんは思いっきり臨んでください」

モニターの真向かいの壁際にはテーブルとイスが設置してあって、そこに五人が並んで座っている。この人たちが、今日の私たちを審査するのだ。

「それでは、当会場の審査員のみなさまをご紹介いたします。株式会社サンセット飲料開発部部長、山口《やまぐち》孝《たかし》様。池袋ホテルグランデ調理部長、安藤《あんどう》誠《まこと》様。スーパーモリゾノ総菜部チーフ、森《もり》園由紀子《ぞのゆきこ》様。株式会社安城《あんじょう》製菓マーケティング部長、吉原真理子《よしわらまりこ》様。そして池袋調理・製菓専門学院長、柴田幸雄《しばたゆきお》様です」

名前を呼ばれるごとに立ち上がり会釈をし、参加者たちの拍手を受ける。たぶん、私には雲の上の人々なのだろう。なにかオーラがあるし、目力《めぢから》が違う。

「誰が誰だか全然わかんない」

かさねちゃんのつぶやきが大きすぎる。後ろに立つ彼女のお腹を肘《ひじ》でつついた。

「まず、審査員代表の山口孝様にご挨拶を賜《たまわ》ります」

挨拶で何か難しいことを話しているけど、ダメだ、全然耳に入ってこない。緊張しているんだ、私。

「それでは、選手宣誓です」

私は頼まれていない。誰が言うんだろうとキョロキョロしていると、「はい！」と可愛い声で返事があり、お嬢様風の生徒が前に進み出た。

「宣誓は、聖ローザ女子学院の西園寺綾子《さいおんじあやこ》さんです」

名前もお嬢様の彼女は、マイクの前に立った。

「宣誓に先立ち、まだ終わらぬコロナ禍の中、この大会を開催するべくご尽力くださいました主催者の方々に、参加者を代表し心よりお礼申し上げます」

頭を下げる彼女に、自然発生的に拍手が起きる。私とは人間としてのレベルが違う気がしてきた。

「宣誓。私たちは、今大会の理念――地元のおいしいものを高校生の目線で発掘し、青春のエッセンスを加えて料理に仕上げるという理念をしっかりと順守し、正々堂々と力を出しあい、後悔のない結果を出すことを誓います」

拍手、拍手、拍手――。

「えっ。そういう理念だったの?」

私に訊くかさねちゃんを、もう一度肘でつついた。

タイムスケジュールを説明すると、松平さんは意味深な笑みを浮かべる。

「そして決勝進出校が決まった後に、『サプライズ』の発表となります」

ちょっと散漫になっていた参加者たちの意識が、今ひとつになった。

「どのような内容か、みなさんどうぞお楽しみに」

目尻を思い切り下げると、松平さんは気持ちを切り替えたようにモニターを指した。今は誰もいない無機質な調理室が映っている。

「それでは、ただいまから本調理の開始となります。魚沼工業高校のみなさん、どうぞ調理室に移動してください。ほかの参加者は第一教室で待機となります。調理五分前になったら係員が呼びに行きますので指示に従ってください。あちらにもモニターが一台ありますので、待機中はこちらの審査会場の様子を観ることができますよ」

魚沼工業高校のエントリーは男子二名と女子一名で、全員二年生らしい。トップバッターゆえの緊張感に包まれて慌ただしく講堂を出ていく。残された参加者たちは不安や緊張を口にしながら、第一教室へ戻った。

戦いは、今始まったのだ——。


魚沼工業高校の三人の生徒が、途中途中で着ぐるみのモンスターたちと戦いながら、地元の食材を集めていく。そば粉、アスパラ、マス……。

彼らの三分PR動画はハラハラドキドキのロールプレイングゲームのようで、見入っているうちに「END」のクレジットが出た。ライバルの集まりである第一教室でさえも拍手が鳴りやまない。かさねちゃんがボソッとつぶやいた。

「この動画を作った子、絶対『宇宙戦艦ジェルダーワンの厨房《ちゅうぼう》』のファンだ。第三話の特別オープニングに似てる」

「みなさん！　魚沼市と言われたとき何を思い浮かべますか？　お米という方が多いと思いますが——」

唯一の女子がプレゼンを始める。演劇部のようにハキハキした喋《しゃべ》りは、聴いていて心地よい。資料を見たら彼らが放送部だとわかり、いろんな意味で納得がいった。

「私たち、毎日の放送で地元の名産品の食レポをしています。生徒からは『地元の隠れた味を知った』『卒業したら、栽培してみたい』など、大好評なのです。わが校の生徒だけでなく、全国のみなさんに魚沼のおいしいものを知ってほしい。お米だけが最高なのではなく全部素晴らしいんだと、そんな思いで作りました。料理名は『魚沼ガレット～名産品てんこ盛り～』です」

残りの男子二人が、審査員の前に小分けにした料理を配膳していく。黄土色の丸い陶器の皿にガレットが乗り、アスパラや華やかな野菜がちりばめられていた。

「地元産のそば粉で作ったガレットに、同じく名産品のアスパラ、マス、ほかの野菜を合わせました」

テレビの食レポ番組を観るたびに、「出演者は全部食べるんだろうか」といつも謎だった。審査員の様子を眺めていると、それぞれだ。一口だけで済ませる人、全部食べる人、半分くらいで手を止める人――。

マイクを持った松平さんが、こちらから見て右端――株式会社サンセット飲料開発部部長である山口さんの席へ行った。飲料会社の開発部門というと、毎日たくさんジュースを飲むんだろうか。私のパパとお腹周りが似ている。

「山口様、ご講評をお願いいたします」

ペットボトルの水を一口飲み、ちょっと考えた様子を見せてから山口さんはマイクを受け取った。

「蕎麦《そば》粉が香ばしく、マスとも良い相性でした。野菜も味が濃くて風味が豊かです。魚沼というと私も米という認識だったんですが、このようにおいしい食材がいっぱいなんですね。それを伝えたいという純粋な気持ちが伝わってきました。あえて言うなら、ガレットでは割とよくある食材の組み合わせなので、もう一ひねり半くらいあっても良かったかなとは思います」

生徒たちは拍手を受けてお辞儀をし、まだ残っている審査員の皿を下げて退出していった。やっぱり、完食はしないんだ。

「あれ、マジでウマそうなんだけど。あたしたちって食べられないの？」

かさねちゃんが悔しそうに画面を指さすので、みっともないこと言わないでよと返した。内心同じことを考えていたなんて言えない。

そういえば、見本用に一皿作る。あれはどうなるんだろう――。

画面中に柏商業高校の生徒が入ってきた。こちらは三年の男子三人で、始まった動画は「お笑いドキュメンタリーロードムービー」のようだった。彼らがお笑いトークをしつつ、柏のカボチャ畑を歩いて次々に違った種類のカボチャを見つけていくのだ。面白くて笑い転げている間に動画が終わってしまった。正直、もう少し観たい。

動画でツッコミ担当をしていた男子がプレゼンもやるらしい。渡辺君と同じくらいの小柄な男子が元気よく「みなさん、こんにちは！」と挨拶をした。

「僕は自転車通学で、カボチャ畑のある道を走っていくんです。毎日眺めていたら、どうもいろんな種類を作っているらしくって。その農家のオジさんと話をするようになり、毎日カボチャの話ばっかりしていました。今の時期に採《と》れるのは、雪化粧《ゆきげしよう》、ロロン、白いごっちゃんの三種類なんだそうです。もらって食べたら、それぞれの食感と味に違いがあって面白くて、この驚きを料理にしようと思いました。三種類のカボチャサラダを作り、それぞれパンで挟みました。料理名は『柏カボカボカボサンド』です。サラダなので、カボチャ以外にもそれぞれ違う地元野菜が入っています」

審査員の池袋ホテルグランデ調理部長が挙手した。

「品種の違いをどのように活《い》かしましたか？」

「食感の個性を出すため、雪化粧は厚めにスライスしてオーブンでじっくり焼き上げ、ロロンは蒸し、白いごっちゃんは薄くスライスして電子レンジでチンです」

「めちゃウマそう」

かさねちゃんと一緒にかじりつくように観ていると、慌ただしい足音が聞こえてきた。振り返ると、若い男性だ。さっき、私たちの前に出場する館林総合高校を呼びにきたスタッフさん、ということは――。

「那珂川水産高校のみなさん、時間です。調理室に移動して調理を始めてください。顧問の先生はお残りください」

あの料理を食べたいという気持ちも、館林総合高校の料理を見たいという気持ちも消えていった。消えすぎて頭の中が真っ白になる。どうしよう。もうダメだ。

立ちすくんでいると、不安を追い出すかのように神宮寺先生が私たちの背中をビシッと音を立てながら叩いていった。

「さぁ、思い切り飛び跳ねていらっしゃい。可愛い若鮎さんたち！」

そうだ。私たちは今、ユース。この瞬間を楽しまなければ。

「はい！」

三人で頷《うなず》いて、スタッフさんの後に続いて部屋を出ていった。

三十分の本調理ですることは、伸ばしたパイ生地を小さい箱型になるようオーブンで焼き、中にグラタンを入れてもう一度焼き、最後にトッピングを忘れないこと。以上だ。

私たちより前に作られた料理の名残《なごり》を駆逐するかのように、オーブンから豊かなバターの香りが広がってくる。パイ生地にもグラタンにも使われている、特製品だ。

「いい香りだねー」

練習でさんざん作ってバターの香りに飽きたとはいえ、やはり良いものは良い。

「当たり前じゃない、あたしの血と汗と涙の結晶だもの」

かさねちゃんが胸を張る。

実はこのバターは、那須《なす》高原の農場で買った牛乳をペットボトルに入れ、かさねちゃんがひたすら振って作ったお手製だった。普通の牛乳では無理で、均質化（ホモジナイズ）されていない「ノンホモ牛乳」でないと作れないんだそうだ。

固形のバターが出現するまで、十五分くらいひたすらペットボトルを振りまくるんだけど、アニメソングをかけながらノリノリで踊り振る彼女の姿は、ナカスイ公式ユーチューブチャンネルにアップしたい欲望にかられるくらい見事だった。

あの姿を思い出していると、じゅわじゅわと音が聞こえてきた。サワガニの素揚《すあ》げをかさねちゃんが作っているのだ。

「の、残り五分だよ」

小百合ちゃんが、ストップウォッチ機能を使用しているスマホを見てつぶやく。

時を同じくして、きつね色に焼きあがったシーフードグラタンパイをオーブンから出した。生地の焦《こ》げた誘惑のフレグランス、ザリとシジミが命と引き換えに残した、水の世界の清香《せいこう》。

最高の料理だ！

最後にサワガニを載せたら終了。順調すぎるくらいだ。

「余裕だったわねぇ。待った、皿がないよ」

「あ、そうか！」

慌てて食器棚に駆け寄り、いちばん手前にあった白い皿を出す。かさねちゃんが鼻歌を歌いながら料理を載せていく姿にホッとした私は、そこに「トラップ」があったことに気がつかなかった。


「四番目は栃木県立那珂川水産高等学校一年生のみなさんです。それではPR動画をどうぞ」

松平さんの言葉が終わると、正面にある大きなスクリーンに映像が映し出された。六月下旬の晴天が続いたときに島崎君に撮ってもらい、一日かけて編集して作り上げてもらった力作だ。まずは栃木県の白地図がアップになる。

——知名度の低さでは抜群の知名度を誇る、栃木県——

テロップが出ると、審査員席から爆笑が起きた。

——その限りなく北東に、チョコンとあるのが我らが那珂川町——

白地図の那珂川町の部分に枠線が入り、青い線が走り、緑に染まっていく。

——どことなく北海道に似たこの形。鮎で有名な那珂川が流れ、そして里山に囲まれた緑あふれる町である。しかし——

「ここは海なし県だー！」

校舎の屋上で、夏の制服姿の私が空に向かって叫んだ。島崎君が撮影するカメラを振り返って一言。

「でも、いろんな魚が食べたい」

「よし、獲りにいこう」

ギャルメイクの実習服姿で、タモ網を持ったかさねちゃんが屋上に登場する。棒読みだ。小松原茜どころではない。

「でも、どこへ」

私も、ものすごい棒読みだった。かさねちゃんのことは言えない。彼女は、にやりと笑った。

「学校裏の、用水路！」

「ガサガサだ」

そう言って、実習服姿の小百合ちゃんも登場した。いつも言っているセリフなので、棒読みじゃなくて自然だ。

〽ああ　八溝の山々は遥かに　見よ　夕陽が丘の上を
三人で校歌を歌いながら学校を出て、目の前の用水路に行ってガサガサが始まった。

「ウナギだー！」「ドジョウもいる」「なんと、シジミまで」「アメリカザリガニは絶対逃がしてはいけない」「コイの子ども！」などと言いながら、画面に捕まえた魚や貝が大写しになっていく。

ここは重要なので、多めの時間を割《さ》いた。

「ここにもウナ……いやだああ、ヘビ！」、やらせなしのガサガサ場面に、会場は笑いに包まれる。

場面は、再び屋上だ。撮影したこの日はとても晴れていて、遥か遠くまで青空が広がり、山の緑が映《は》えている。町内いたるところをロケハンしてまわった島崎君に言わせると、「ここが那珂川町でいちばんエモい場所です」とのことだった。

屋上にブルーシートを敷いて正座する私と小百合ちゃんのところに、かさねちゃんがザルを持ってきた。

「これが――今回の食材です」

ザルがアップになる。

「なんと、学校裏の用水路で獲れてしまうのです。天然のシジミ、アメリカザリガニ、サワガニが。今回はこれを使った料理……」

全員実習服姿の私たちは立ち上がり、並んでカメラに背中を見せた。背中には「NAKAGA

WA　HIGH　SCHOOL　OF　FISHERIES」と文字が入っている。かさねちゃんが私の背中の「FISHERIES」の所を指さし、そして全員でカメラに向き直り叫んだ。

「その名も『海なし県の水産グラタンパイ』です。どうぞご賞味ください！　海がなくても、山と川がある那珂川町が大好きー！」

手を振る三人の姿に「終わり」のテロップが重なった。

練習で何度も何度も観たのに、いざ本番になるとなぜ第三者視点になってしまうんだろう。妙に冷めた目になる。

こんな素人《しろうと》くさい動画でいいんだろうか。

館林総合高校の動画が流れたときは私たちは調理室にいたので観られなかったけど、他の二校の作品はもっとプロっぽくて、ドラマチックだった。

島崎君に言わせると「こういうときは、ちょっと野暮《やぼ》ったさと素人感を出す方が、高校生らしくていいんですよ」ってことだった。でもダサい。もっと違うコンセプトにすべきだったたんでは。「神宮寺先生のイメージビデオでも流したら」というかさねちゃんの意見は、秒で却下したけど。

「それでは、一分間のプレゼンテーションをお願いします」

そうだ、プレゼン！　動画の反省をしている場合じゃなかった。

慌てて一歩前に出て、マイクの前に立つ。

「…………」

あれ、何を言うんだっけ。出だしは？

忘れた、全部忘れた。ダメだダメだ思い出せない。口をパクパクさせながら目を強く瞑《つぶ》ったそのとき。

鰓《えら》。

「あ……」

なぜか鰓の漢字が頭に浮かんだ。もう、ダメもとだ。

「エラという漢字は、魚偏に思うと書きます。思うの上の田は子供の頭の象形で、頭と心の間でパクパク動くのが成り立ちなのだと教えてもらったそのとき、私の目の前にはまさに今から解剖するウナギがいました。それが、ああ私は水産高校に進学したんだと自覚した瞬間でした。私は県庁所在地である宇都宮出身です。海なし県にある水産高校というインパクトに惹《ひ》かれて、ナカスイ——那珂川水産高校に進学し、那珂川町に下宿しています。水産実習をしたり、町内を自転車で走り回る中で、海あり県にも負けない水産物が身近に豊富にあること、そして最高においしいことを知って感動しました。その驚きと喜びを、料理にしました。『海なし県の水産グラタンパイ』、どうぞお召し上がりください」

深く頭を下げた。拍手が私を包み込む。本来は「私は県庁所在地——」から始まるはずだったが、我ながらよく立て直せたと思う。一分以内に収めるために、ものすごい早口になったけど。

頭を上げると、かさねちゃんと小百合ちゃんが審査員に配膳していた。

手にする白い小皿にスマホサイズの箱型パイが載っている。シジミのクラムチャウダーレシピ

があることを知り、それをアレンジしてホワイトグラタンパイにしたのだ。ザリも具になってい
て彩《いろど》りも華《はな》やか、サワガニは素揚げにして最後にトッピングしたので、見ためも可愛く食感の違いも楽しめる――はず。

食べる様子を見ていると、生きた心地がしない。一口食べて考え込む人、半分で止《や》める人、ひたすら香りを嗅《か》いでいる人、全部イッキに食べた人――。

「それでは、株式会社安城製菓マーケティング部長、吉原様、一言お願いいたします」

お菓子をマーケティングしている人に、水産グラタンパイ？　ものすごいミスマッチな気もするけど、ドキドキしながら松平さんがマイクを渡すのを待った。

吉原さんは誰かに似てる。パパの青春のアイドルだっけ。確か……。

「とても――面白い料理ですね。コンセプトが楽しいですし、意外です。初めて食べる組み合わせですけれど、ザリガニとシジミって意外に合うんですねぇ。パイのさくさく感と、ほかほかトロトロのグラタンに、素揚げしたサワガニのパリッとした食感と、変化に富んでいいですね。何か、工夫した点はありますか？」

あったっけ。首をひねっていると、かさねちゃんが一歩前に出た。

「はぁい、シジミを一度冷凍しました。冷凍すると細胞が壊れるので、旨み成分であるグルタミン酸とアラニンが吸収しやすくなり、おいしくなるそうです。マシジミは一般的な大和シジミに比べて少し味が薄いんで、そのように工夫しちゃいました」

「なるほど。ただ、もう少し――」

ドキッとする。何？

「彩《いろど》りや盛り付け、例えば載せるお皿を意識すると、より良くなると思いますよ。普通の白いお皿にポン、だとちょっと寂しいです」

食器は持参してもこの学院に備え付けのものを使ってもよいという話だった。特に何も考えてなくて、借りればいいやと目の前にあった真っ白な皿を選んだけど、それだけじゃダメだったのか。

「それでは那珂川水産高校のみなさん、どうもありがとうございました。お皿を下げてください」

終わった。もう終わっちゃったんだ。なんて短かったんだ。

審査員の皿を見ると完食は一人だけで、ほとんど残している。仕方がない、全部食べてたら審査なんて続かないだろうし。もう終盤だし。

それはわかっているのに、泣きたくなってきた。ああ、あんなに練習したのに、なんで練習通り言えなくなっちゃったんだ。どうして、皿や盛り付けを考えなかったんだろう。そしたら、もっと食べてくれたんだろうか。

落ち込みながら調理室に戻ると、扉を出てきた聖ローザ女子学院とすれ違った。視線が奪われる。配膳カートの上の料理に……。

花、花、花――！　花にあふれた料理だった。圧倒されてしまう。

「ほら、とりあえずお皿置いて、教室に戻ろう。あの子たちの審査見なくちゃ」

かさねちゃんが、彼女たちを見送りながら立ちすくむ私の背中を叩く。

「いいよ、見なくて……」

首を横に大きく振った。飛び散る水滴は汗じゃない。涙だった。

「私たち完全に負けた。プレゼンも大失敗だし、お皿の選択もダメ。かさねちゃん、もうアニメショップに行っていいよ。私も帰る」

「この、スットコドッコイ！」

耳をつんざくような声で、かさねちゃんは叫んだ。

「あんた、聖ローザの話聞いてなかったの。あっちは一年前からリベンジしようと血のにじむ努力を続けてきたんだよ、たぶんだけど。今のあんたより深いところに落ちて、そこから這《は》い上がってきたの。あんたはまだたった四か月。最初の一歩――いや、二歩くらいを歩いて転んでわあわあ泣いている、撫子お姉ちゃんのところの姪《めい》っ子と同じよ！　あっちの方がよっぽど可愛いわ」

「じゃあ、じゃあ、どうしろって言うの」

「部屋に戻って、聖ローザの審査を見るんだよ！」

「やだ」

「ライバルの勝利を目に焼き付けて悔しさを味わえ！　進む糧《かて》にしろ！　じゃなきゃ、ずっとそこで泣いてな。涙の海に沈んで、魚になって誰かに釣られてしまえ」

目頭を拭って、私は扉へ向かった。

「ど、どこ行くの」

食器を流しに運ぶ小百合ちゃんを振り返らず、言った。

「第一教室」

恥ずかしさもあり、早歩きになる私の後ろから二人の会話が聞こえてきた。

「今のセリフは……な、何で知ったの」

「『宇宙戦艦ジェルダーワンの厨房』。艦長に出すオヤツ対決の第四話でさ、ヒロインが負けちゃうのよねー。そこに私の推しキャラが現れて、あの一言を――」

またアニメか……。でも、そのセリフが私の魂に火をつけたのは事実だ。逃げずに第一教室に向かう。かさねちゃんたちは食器を洗い始めた。「あたしたちに押しつけないでよね」と言わなかったのは、彼女の思いやりだろう。

ドアを開けると、神宮寺先生が出迎えてくれた。よくやったわねとも、残念だったわねとも言わず、ただ肩をポンポンと叩いて「聖ローザ女子学院のPR動画が終わって、今から一分プレゼンやるわよ」とだけ教えてくれた。

担当は、予想どおり西園寺綾子さんだった。

「私たちはこの一年、前回の悔しさを糧に己《おのれ》に向き合ってきました。ですが、部活で育てている花たちのいじらしさと美しさを見て反省しました。負けたということは何かが足りなかったからです。見えないものを見るようにし、気づかなかったことに気づく。その成長こそが、必要だったのです」

ああ……やはり根本的に私とは何かが違う。

「エディブルフラワー――食べられる花です。飾りと思われて残されてしまうことも多いですが、味としての魅力を発揮させてあげたい。見えないものを見えるようにしてあげたい。花への愛を表現したい。その料理がこの『花いっぱいの、愛を。2022』です。よろしくお願いいたします」

黒い長方形の陶器に、一口……いや、二口サイズの斜めに切った生春巻きが四つ載っていた。それぞれに違う花が透けて見える。周囲にもエディブルフラワーやフリルレタスが添えられていた。

「畑にカマボコ型の花の温室が並んでるみたい」

戻ってきたかさねちゃんが情緒もへったくれもない感想をつぶやくけれど、当然ながらそんなのが聞こえるワケはない西園寺さんは、淡々と続けた。

「こちらは、酢飯を生春巻きで巻いたものです。酢飯もそれぞれ、紅ショウガ、山椒《さんしょう》の実、紫蘇《しそ》の実、柴漬《しばづ》けを刻《きざ》んで混ぜました。ライスペーパーで巻く際に、四種類のエディブルフラワーをそれぞれ巻き込みました」

審査員の反応が全然違う。これで終わりだというのもあるのだろうし、これ以上食べなくていいのだという安心感からか、みんな完食している。

「それでは、池袋調理・製菓専門学院長、柴田様、ご感想をお願いいたします」

松平さんからマイクを受け取ると、いかにも学院長らしい威厳ある紳士は咳払いをして立ちあがった。

「聖ローザのみなさん、頑張りましたね。僕は去年、みなさんの料理をいただきましたが、とても成長したのを感じます」

「ありがとうございます！」

生徒三人が頭を下げる。

「それぞれに花の風味が豊かで、食べても楽しく見ても楽しい。ヘルシーだけど、華やかな気持ちになれますね。盛り付けもお皿の選択も素晴らしい。拍手させてください」

ああ……終わった。ここまで完敗だと、逆にすっきりした気持ちになるんだなと初めて知った。

審査の間は、参加者全員が調理室の後片付けをすることになっている。せっかくだと思って、西園寺さんに声をかけてみた。

「あの……とてもスゴイと思いました。おめでとうございます」

片付けの手を休め、彼女は微笑《ほほえ》んだ。

「ありがとうございます。あなた方のパイもぜひ食べてみたいですし、那珂川町にもとても行きたくなりました」

できた人だ。呼んでないけど、かさねちゃんが来た。

「良かったらナカスイにも来てみてよ。十一月に文化祭があって、いろいろ食べられるし。鮎《あゆ》の塩焼きとか、ピラルクーのグリーンカレーとか。運が良ければキャビアも出るかも。さっきのパイは知らんけど」

「はい、ぜひ伺《うかが》います！」

笑顔がまぶしい。余韻に浸っていたらスタッフさんが「審査結果の発表ですから会場へ移動してください」と呼びに来た。いよいよ、結果が出る。

全国同時のタイムスケジュールなので、どこのモニターを観てもそれぞれに審査発表をしている。画面の中もリアルなこの会場も、参加者はみんな緊張した面持《おもも》ちだ。でも、この会場はもう結果が見えているので、私だけはリラックスしていた。

松平さんが、折りたたまれた紙を開いた。

「それでは、審査結果発表です。決勝に進むのは――」

ドラムの音が鳴り響く。やがて音が小さくなり、彼女は叫んだ。

「群馬県立館林総合高等学校のみなさん。料理名は『レペゼン里沼飯《さとぬまめし》』です！」

どよめきが起きた。

館林総合高校の生徒たちは抱きあって喜び、聖ローザ女子学院は呆然《ぼうぜん》と立ちすくみ、魚沼工業高校は拍手をし、柏商業高校は悔し泣きをし、ナカスイは――私はポカンと口を開き、かさねちゃんは「うっそー」とつぶやき、小百合ちゃんは無言だった。

考えてみれば、館林総合高校が審査のとき私たちは調理室にいたので、動画もプレゼンも料理も何も観ていない。

「審査員のスーパーモリゾノ総菜部チーフ、森園様。ご講評をお願いいたします」

私のママの十年後の姿のような、ふっくらした女性がマイクの前に立った。

「まずはみなさん、それぞれに素晴らしかったです。館林総合高校と聖ローザ女子学院は僅差《きんさ》でした。ただ、大会の理念ですね。地元のおいしいものを高校生の目線で発掘し、青春のエッセンスを加えて料理に仕上げる――この点で、館林総合高校に軍配が上がりました。私、館林市が昔からある沼を『里沼』と呼んで大切に守っていることを初めて知りましたよ。『レペゼン里沼飯』は、沼に見立てた群馬名物の冷汁《ひやじる》を、名物のうどんではなく里沼の水ではぐくまれた米にかけて食べる。そこに、沼で獲れるナマズの天ぷらを添えて。地元と自然を愛する心を感じました。盛りつけや、器の選択も良かったですよ。もちろん、PR動画やプレゼンも素晴らしかった。まさか、ラップで来るとは……意外さにも拍手です」

まだ会場は悲喜こもごもで騒然としているが、タイムスケジュール通りに粛《しゅく》々《しゅく》と進んでいった。諦めていたので私は泣きはしないけど、聖ローザ女子学院の落ち込みっぷりは、見ている方もつらかった。

表彰が終わり審査員も席に戻ったとき、八面のモニターが一斉に変わった。すべて、この会場を映し出している。

「各予選会場のみなさま、こんにちは。関東甲信越地区予選会場の松平です。各地区で代表が決まったことと思います。選ばれたみなさん、おめでとうございます。決勝会場のここ、池袋で十一月にお会いしましょうね。これより――二つのサプライズの発表です！」

忘れていた、サプライズ！

「まず、一つ目。今回から視聴者応援敗者復活企画が始まります！　決勝に進めなかった七地区合計二十八校のPR動画を、公式サイトで明日から九月十五日まで公開します。一般視聴者はIDを取得することで応援ボタンのクリックが可能となり、いちばん応援が多かった学校は決勝進出の権利を得ます。もちろんハンデはありません。決勝ではすべてがリセットされ、みなさん同じスタートラインに立ちます。PR動画、プレゼン、料理内容、すべて予選から変更しても構いません」

どよめきが場内を満たす。きっと、どこの会場も同じだろう。

「そして、もう一つのサプライズ！」

モニター映像が、一斉に変わった。

「どえええええ！」

かさねちゃんの悲鳴が響き渡り、私は息を呑む、そして――小百合ちゃんはその場に座り込んだ。モニターに映ったのは……。

「小松原茜だぁ！」

どこかの高校の、男子生徒の声が響き渡る。

「決勝には、いま若者に人気のアイドルグループ、薔薇少女軍団の小松原茜さんが特別審査員として加わります！」

みんなが歓声を上げている。ナカスイの三人を除いて。

「いらん」

ボソッとつぶやくかさねちゃんは置いといて、小百合ちゃんが心配になり視線を向けると、床に座り込んだままだ。

「大事《だいじ》？」

肩に手をかけると、横にブンブンと首を振った。

決勝に行ける可能性が出てきたのに、どうしよう――。

小百合ちゃんと小松原茜が出会ってしまう。


予選の翌日の八月三十一日、ナカスイは通常授業だった。祭りは終わったのだ。

予想通り、渡辺君が登校するやいなや、私に話しかけてくる。

「おい、すげえな！」

「すごくないよ。決勝に行けるかわからないのに」

「違ぇよ、小松原茜ちゃん！　あかぴょん！」

「だから決勝に行けるかわからないんだって言ってんのに」

私の話なんか全然聞いていないようで、渡辺君は島崎君のところに走っていった。

「おい、島崎！　ＩＴの知識を総動員して、ナカスイの動画応援クリック数を一位にしろよ！」

「僕の知識は動画制作分野なので、無理ですね」

「使えねえな」

「鈴木さん、今年から敗者復活があるんだって？　チャンスじゃない」

進藤君が私の席に来た。相変わらず知性の後光が差している。

「全然だよ。他の学校のはスゴイもん。ゲーム風だったり漫才だったり。私たちの動画が勝てる気がしないんだけど」

「そんなことないですよ」

渡辺君を振り切った島崎君がやってきた。

「ちょっと素人っぽい方が、『自分で一生懸命作ったんだな』感があって、好感度が増すんですよ。作りこまれていると、逆に反感抱かれてしまう場合もあるんで。応援投票に来るのがどういう年齢層かはわからないけど、たぶん年下よりは年上が来ると思います。だったら余計、あまり演出が入ってない方がいいですよ」

「そういうもんかなぁ」

「…………」

実習棟の魚の世話が終わったんだろう、小百合ちゃんが教室に入ってきた。昨日、小松原茜のアップを見てからずっと顔色が悪い。もともと白いけど、さらに青ざめている印象だ。

渡辺君は自分の席に戻ってくると、こそっと言った。

「おい、芳村はなんで嬉しそうじゃねえんだよ。決勝に行けるかもしんねえのに」

説明したいけど、してもいいものか。「あかぴょんがそんなことするワケないだろ！」と逆ギレするのがオチじゃなかろうか。他人の夢を壊すのもなんだし。悩みに悩み、一言だけ言った。

「諸般の事情」

「なに、芳村は出たくねえの？　代わりに俺入るよ」

「メンバーチェンジは失格になるの！」

ダメだ。イライラしているので怒鳴《どな》ってしまう。反省していると進藤君が渡辺君の背後に移って、彼の肩を揉《も》みながら言った。

「鈴木さん、料理はチェンジするの？　このまま？」

「決勝に行けることが決まってから考える。無駄な労力は使いたくない」

「いや、準備しておいた方がいいと思うよ。万が一選ばれなくても、また来年リベンジに使えるじゃないか」

「来年は来年だよ。ねぇ、進藤君も大会の配信観てたでしょ。聖ローザ女子学院の敗因はなんだと思う？　私、圧勝だと思ってたから、納得がいかないんだ」

彼は顎《あご》に手を当ててしばらく考え、一瞬天を仰いだかと思うと、私に向き直った。

「あの料理はキレイだなとは思ったんだけど、それ以上は何も感じなかった。食べたいとか作りたいとか、どんな味なのかなとかも気持ちが湧かない」

そんな感想を持つ人がいるとは。正直驚いた。

「それとね、『レペゼン里沼飯』にはストーリーを感じたよ。レペゼン……代表するっていう、ラップ用語使ってるだけあってＰＲ動画もプレゼンもラップ調で、芯が通ってた。館林への愛も感じたし、地元へのリスペクトも伝わってきた」

「ストーリー？」

首を傾《かし》げていると、進藤君は胸ポケットから小さいスナック菓子の袋を取り出した。『つくしの村』だ。つくしの形をしていて、クッキー部分とチョコ部分がある。普通にそのへんのスーパーやコンビニで売っているものだ。

「例えば、これを見ても『普通』としか思わないだろ。でも、この誕生にはエピソードがある。社長が趣味の山菜採りに行って遭難して、必死の思いで里までたどりついたとき、目の前につくしがいっぱい生えていたんだ。空腹感に襲われていたけど、つくしはそのままでは食べられない。ああ……これがお菓子だったらな……。その時の思いを製品に再現したんだそうだ。だから、山に気軽に持っていけるミニ袋も出てる。遭難したときのためにってね」

「そうなんだ！　私、大人買いしてこようかな」

「だから聖ローザに当てはめるなら、例えば花言葉とリンクさせるとかね。なんのエディブルフラワーを使ったのかわからないけど、それぞれ『悔しさ』『努力』『復活』『勝利』って花言葉のエディブルフラワーを使えば、今の彼女たち自身のストーリーでもあるだろう」

「なるほど」

言われてみると、彼女たちの弱点があれこれ見えてきた。だけど私たちに比べたら天上の存在であることには変わらない。

目を閉じればすぐ思い出せる。あの涙、涙のスピーチ、花いっぱいの華やかな料理、そして去年の敗北から這い上がってきた根性。

そんな彼女たちを押しのけて私みたいなのが決勝に進んだら、申し訳ないんじゃなかろうか。

「あー、悔しい」

不機嫌そうにつぶやきながら、かさねちゃんが教室に入ってきた。やっぱり彼女でも負けると悔しいのか。

「結局アニメショップに行くどころじゃなかった。何しに池袋まで行ったんだか」

ぶつぶつ言いながら席に歩いていく。そういえば、ショップのことなどすっかり忘れてた。

SHR《ショートホームルーム》の始まりを告げるようにドアが勢いよく開き、神宮寺先生が慌ただしく入ってきた。その迫力ある視線に、席を離れていた生徒たちは一斉に席に戻る。

「おはようございます。昨日行われた『ご当地おいしい!甲子園』。もう結果は公式サイトで発表されていますし、配信を観て知っている方は多いと思います。残念ながら、ナカスイは決勝には進めませんでした。でも、まだチャンスはあります。なんせ、サプライズですから!」

先生は黒板に黄色いチョークで、「敗者復活」と勢いよく書いた。

「みなさん、ナカスイの動画を応援しましょう。不正や組織票はよろしくないですが、あの動画が良いと思ってくれる卒業生、水産仲間、鮎釣り友人などに清き一票をお願いしてください。繰り返しになりますが、不正や組織票はよろしくありません。あくまでも任意、任意であることを忘れないように」

「だから、神宮寺先生のイメージビデオにしときゃ良かったのよ。那珂川で水浴びのサービスショットでも入れれば、ぶっちぎりで優勝……」

先生のホイッスルが、かさねちゃんの言葉を打ち消した。

ああ、どうしよう。

先生やみんながこんなに盛り上がってくれているのに、私の気持ちは盛り下がっていく一方なのだ——。

第七章　さよなら。鮎は黄昏《たそがれ》て

九月八日。ナカスイに激震が走った。

「那珂川水産高校　統廃合検討」の記事が地元紙のトップを飾ったのだ。

「はい、みなさん落ち着きましょうね。まだ検討ですから、検討」

ＳＨＲ《ショートホームルーム》でそう説明する神宮寺先生の声は震えている。実はいちばんショックを受けているのではなかろうか。

「ナカスイは本県の周縁部に位置していること、中山間《ちゅうさんかん》地域で通学不便であること、近隣に他の高校がないことを条件に、少人数でも存続ができる特例校として県に認められています。ただ、大幅な定員割れが続いていることもまた事実です。日本では、残念ながら水産高校全体がその流れにありますから。福井県では、明治時代に開校した日本初の水産高校が平成二十五年に普通校と統合になりましたし。私たちにできることは、水産高校の魅力を発信していくことです。子どもたちに『ナカスイに行きたい』と思ってもらえるよう、みなさんも私たち教員と一体になって取り組んでください」

そうか、なくなるかもしれないのか——ナカスイが。

「お姉ちゃんからあたしに電話があってさ、怒ってたよ。娘たちをナカスイに入れるつもりなのにって」

その夜、下宿の広間に遊びにきたかさねちゃんは、座卓でブドウを食べながら苦笑いした。

「ナカスイなんてと思ってたけど、なくなるとなると寂しいもんだね」

「ま、まだ決まってない。イヤなこと言わないで」

小百合ちゃんが血相を変えた。

「芳村さんがイヤでもさ、どうにもなんないよ。先生も言ってたじゃん、全国的な流れだって」

「じゃ、じゃあどうすればいいの」

「甲子園で優勝すれば、県内のちびっ子たちは注目するかもね。少し」

「優勝も何も、まだ応援投票の結果も出てないよ」

私は座卓で頬杖《ほおづえ》をつき、深いため息をついた。

公式サイトではＰＲ動画の応援投票が始まっているけれど、途中経過は出ないから九月十六日の結果発表までは何もわからない。精神衛生上悪いので、ほかの高校のＰＲ動画を観ることもエゴサーチをすることもしなかった。

「まぁ、学校の未来は偉い人が決めることだ。あたしたちが騒いだって仕方ない、もう寝よう。明日は水産実習でカヌー教室でしょ。体力温存しとかないと」

心底イヤそうな顔をするかさねちゃんに、思わず疑問を口にした。

「かさねちゃん、カヌーとか好きそうに見えるんだけど、違うの？」

「全然だよ。疲れるし、落ちても泳げないし」

「えっ。生まれたときからすぐ近くに那珂川があるのに」

驚いて彼女を見ると、無表情のままブドウをほいほいと口に運んだ。

「那珂川っ子って、意外にカナヅチが多いよ。だって、危険だから川で泳ぐの禁止だもん。それは小さいころから叩《たた》き込まれる。子供だけで川遊びしていると、すぐに大人や警察官が飛んでくるし」

「だって渡辺君は？」

「あれは河童《かっぱ》だもん」

そういえば、私もカヌーは初めてだ。大丈夫かな。ブドウの皮を剝《む》きながら、遠い先のナカスイの運命より明日の自分を気にしようと思った。


翌日の予想最高気温は三十度近いとのことだったけど、曇り空が厳しい陽光を遮《さえぎ》ってくれて、水辺で過ごすには良い天気だった。

水産実習場裏の河川敷に、私たちナカスイ一年二組の生徒が並んでいる。全員が夏の体操服の上にライフジャケット、そしてカヌー用ヘルメットを被っていた。

私たちと似たような出で立ちの神宮寺先生は、ざわざわ騒ぐ生徒を張り倒すかのように大声を出した。昨日からずっと機嫌がよろしくない。

「みなさん、体操服の下は水着でしょうね？　でないと、悲劇ですよ。本日はカヌーの操船訓練を行います！　みなさんも、三年生のカヌー実習を見ましたね。あの感動を再来年存分に味わえるように、一年生から練習が始まるのです。ナカスイに来たからには、ぜひマスターしてください！」

拍手をする生徒たちにも熱量の差がある。渡辺君は手が吹き飛びそうな勢いで拍手してるし、進藤君は作り笑顔だ。近くにいたかさねちゃんが、からかうように話しかけた。

「進藤、もしや不安？」

「カヌーは自習したことないからね」

練習をするのは武茂川で、水深は膝丈《ひざたけ》くらいだろうか。大きなアオサギが流れの途中にある岩の上に留まり、じっと私たちを見つめている。青い制服の交通警備員みたいだ。

向こう岸に目を向けると、壁のような竹藪《たけやぶ》がどこまでも続いていた。

風に揺れる竹藪のざわめきと川のせせらぎという癒《いや》しのハーモニーをぶち壊すように、先生は叫んだ。

「竹藪には突っ込まないよう細心の注意を払ってね！　去年、練習中に折れた竹が腕に刺さって病院に運ばれた人がいます」

「それはボクでーす」

神宮寺先生の隣に立つ前田先生が袖《そで》をめくり、意外にたくましい右腕を見せた。確かに名誉の負傷的な傷痕《きずあと》がある。

「うええええ！」

生徒たちの悲鳴を聞いていると、なんとなく帰りたくなってきた。

「まずは、パドルを動かす練習です！　ぶつからないように、十分間隔をとって」

パドルを手に先生が叫ぶ。ナカスイには、購入したり寄贈を受けたりでカヌーがたくさん置いてある。ただし色もデザインもバラバラだ。それを一人一艇担《ていかつ》いできたので、河川敷は今、まるでファッションショーのように華やかだった。

前の週に座学で操船方法は教えてもらったとはいえ、実技となると全く違う。

「パドルは見てわかるとおり、カヌーを漕《こ》ぐ櫂《かい》です。ひれのような部分がブレード。ここで水をとらえます。漕ぐときには、面は自分を向くように。手首は、こう回します」

神宮寺先生の合図で、前田先生がパドルを動かしてみせる。私も見た通りにやればいいんだけど、なぜかうまくいかない。盆踊りのようになってしまう。

「さあ、乗りますよ。水が艇内に入ってこないよう、腰にスプレースカートをつけましょう。スカートの先端にあるベロは、グラブループといいます。このグラブループに手をかけて、前方向に押し伸ばしながら持ち上げると艇から外れます。万が一の時、これを使いますから忘れないように。あのブイのところまで漕いだら、戻っていらっしゃい」

先生は河川敷に、前田先生は川の中に立ち、一人ひとり送り出していく。ボケッと眺めているとあっという間に私の順番が来た。

カヌーを担いで水面に浮かべても、座る場所に自分の腰が入る気がしない。閉所恐怖症じゃないけど、なんか足のあたりがゾワゾワする。

「はい、乗ってー！」

先生の叫びを背に、カヌーを水に浮かべて穴のような場所に足を入れた。「もう使わない靴を履くように」と言われていたので、実家からわざわざ送ってもらった中学時代のスニーカーを履いている。座ってスプレースカートをセットしていると、すぐにお尻の下の固さにメゲてクッションが欲しくなった。ダメだ、もうお尻が痛い。

「教えたように漕ぐのよ、行ってらっしゃい！」

パドルを水面に入れると、私の真っ赤なカヌーは動き出した。

水面を、滑る——ように進む！

初めての体験にときめいたのも束《つか》の間《ま》、天地が逆になった。水の世界に転生したようだ。

ああ、キレイ——透明な世界。なんて感動した次の瞬間、鼻に水が入った。戻れない、息ができない。ヤバい、冗談抜きでこのままでは死ぬ。

強い力で引き上げられると、目の前に渡辺君がいた。丸っこい目が吊《つ》り上がっている。

「沈《ちん》したら、すぐに戻せよ！」

ゲホゲホ咳《せ》きこみながら、私はその意味を考えた。

「チン？　電子レンジで？」

「カヌーに乗ったままひっくり返ること！」

「しょうがないじゃん、戻せなかったんだもん」

「……おい、グラブループが外に出てねえぞ」

グラブループって、商品タグみたいな細長い布か。確かに、スプレースカートの中に仕舞いこんだ状態でカヌーにセットしていた。

「先生言ってたろ、何聞いてんだよ！　沈したら、まずそれを引っ張れ！　そしたらスプレースカートが外れて脱出できるから。出てなきゃ意味ねえの！　ったく、しょーがね」

ブーブー文句を言いながら、渡辺君はザバザバ音を立てて河川敷に戻っていった。彼の順番はまだ来ていない。もしや、助けにわざわざ来てくれたのか。今度は、別の「沈」したカヌーを助けに走る。引き上げられた顔は、進藤君だった。白目をむいている。

あらためて周囲を見回すと「沈」している生徒が多くて、前田先生がヘルプするために川の中を走り回っている。渡辺君は最後に自分がカヌーに乗るまで、自主的にその手伝いをしていた。

意外に頼もしい。

全員が浮いたところで、あらためて「沈」から戻る練習をし、最後に全員で隊列を組んで漕ぎながら、なんとなく彼に視線がちらちらと行ってしまった。

結果発表二日前の九月十四日の朝。教室に入ると、島崎君が珍しく慌てた様子で私の席に飛んできた。

「鈴木さん、昨日の夜アップされた『マサルのお取り寄せ雑食チャンネル』を観ましたか」

「何それ」

「知らないんですか！　マサルはフード系の人気ユーチューバーですよ。日本はおろか、世界各国のいろんな変わったものをお取り寄せしておいしそうに食べるんで、チャンネル登録数が百万人超え！」

「私、ユーチューバーの配信って、あまり観ないんだよね。その人がどうしたの」

「安藤部長のナマズの内臓せんべいを紹介したんですよ。なんでも、SNSで誰かが紹介したナカスイの公式チャンネルを観て、興味持ったんだそうです。鈴木さん、ナマズの内臓せんべいの食レポ動画アップしたじゃないですか」

「ああ、部長に頼まれてね。あれをわざわざ取り寄せて食べたんだ！　その人、チャレンジャーだね」

舌の上に、なんともいえない独特の味が蘇《よみがえ》ってきた。

「そしたら、食レポついでに、『ご当地おいしい!甲子園』のナカスイPR動画も話題にしてくれたんですよ。『海なし県の水産グラタンパイ』もぜひ一度食べてみたいなって」

「ふーん」

無反応の私に業《ごう》を煮《に》やしたらしく、島崎君は「マサルですよ！　あのマサル！」と騒ぐ。でも私には「何のこっちゃ」だった。


その日は金曜日なので、水産実習があった。

今回の実習は、養殖している鮎の水揚げだ。毎年、組ごとに割り当てられる水揚げ当番が今年は私たちのクラスなのだという。

鮎の養殖池の傍《かたわ》らで、実習服姿の私たちに神宮寺先生が力説した。

「みなさん。ついに今日、愛をこめて世話をしてきた鮎たちに『さよなら』を告げなければなりません。そう、水揚げを迎えました。少しでも商品価値が出るように、ここ数週間は照明をつけて成熟が進まないようにする一方、少しでも大きくなるように餌《えさ》を与えてきました。成熟が進みすぎるとメスは卵を持ちオスは精巣が大きくなり、体色が黒化して商品価値がなくなってしまいますから――では、鮎を取り上げましょう」

先生は池を指さした。すっかり水が少なくなっている。そのわずかな生存空間の中で、群れをなす鮎たちがぴちぴちと最後の抗《あらが》いをしていた。

「すでに水車は止めて、水抜きを始めています。みなさんは、池の底の一段下がった場所――魚溜《だ》まりの鮎を網で掬《すく》い、バケツに入れてください。中には氷が入っていますから、鮎は仮死状態になります。そうしたら、食品加工室で一匹ずつ細長い袋に入れて、急速冷凍庫に運び込みましょう。鮎を販売する場合はそこから出すことになります」

私はじっと鮎たちを眺めた。若鮎の時期をとっくに過ぎた今、人生（鮎生）の最期を迎えている。私はその手伝いをするのだと思いながら、網を手に取った。

冷凍庫に入れ終わったら後片付けをして午前中が終了。午後はみんなで実習室に移動して、まとめの授業となる。

先生が黒板に白いチョークで数字を書きながら説明を始めた。

「今年の鮎は百キロの水揚げになりました。一匹五十グラムで計算すると、鮎は全部で何匹になるでしょう。はい、大和さん」

「たくさん」

先生がホイッスルをくわえたとき、教頭先生が血相を変えて実習室に飛び込んできた。

「教頭先生、どうなさったんです」

神宮寺先生が、息をゼイゼイと切らす教頭先生の背中をさすると、何度か深呼吸してから叫ぶ。

「お、おめでとう！『ご当地おいしい！甲子園』の事務局から、ただいま電話がありました。PR動画の投票数、トップだったそうよ」

「じゃあ、ナカスイは決勝に行けるんですね！」

二人は歓声を上げて抱き合った。

ポカンとする私をよそに、クラスみんなの歓声が実習室に響き渡る。

「ほら、やっぱりマサルパワーですよ！」

私のはす向かいに座る島崎君が、目をこれでもかと輝かせていた。

「やったぁ！　池袋にまた行ける！　今度こそアニメショップに行く！」

かさねちゃんが、椅子から立ち上がってぴょんぴょん飛び回って叫んでいる。

「鈴木さん、良かったね！　今、公式サイトにも出てるよ。得票数千三百二十四票。二位が聖ローザ女子学院で千百二票」

進藤君のスマホを見せてもらうと、確かにそのとおりだ。ということは――。

「あのユーチューバーに紹介されなかったら、ナカスイは落ちてたってことだよね」

「それはわからないけど、マサルに感謝だね」

「おい、今度こそ応援に行くかんな。あかぴょんが来るんだろ！」

血走った目で渡辺君がそう言うと、かさねちゃんは「いいよ来なくて」とあっさり却下した。

「あ」

ふと気になった。小百合ちゃん！

私の左隣にいる彼女を見ると、椅子に座ったまま無表情で固まっていた。


その夜、私は部屋の畳にゴロゴロ転がっていた。

せっかく決勝に進めることになったのに、なんでこんなに――心の中に何の感情も湧いてこないんだろう。

ううん、理由はある。聖ローザ女子学院にすべてにおいて完敗だったのは自分がよくわかっているからだ。決勝に進めなかった時点で私の甲子園は終わってしまっていた。心の燃料が尽きている。水がなくなった養殖池に鮎を放したって、泳げるわけがない。

いきなり電子音が鳴った。座卓の上に放り投げていたスマホの着信音だ。起き上がるのが面倒くさいので放置しておこうかと思ったけど、なかなか鳴りやまない。諦めて体を起こし発信元を見ると、知らない携帯番号だ。

「もしもしぃ？」

これ以上なく感じの悪い口調で応答する。

「あの……私、聖ローザ女子学院の西園寺綾子と申しますが、鈴木さくらさんの携帯でよろしいでしょうか」

慌てて正座をした。そういえば、予選の後の交流会で、電話番号を交換したような気がする。

「はい！　そうです。すみません！　間違い電話かと思って」

クスクス上品に笑いながら、彼女は続けた。

「応援投票の結果が発表になりましたね。おめでとうございます。あの動画、とても地元愛にあふれて良かったですから、一位は当然だと思います」

ああ――なんてできた人なんだろう。選ばれるべきは彼女だ。

「ありがとうございます。あの、実は私たち……」

言おうか言わないべきか。一人で決めていいのか。言っちゃえ。

「辞退します。どうぞ決勝に進んでください」

「え！　どうして」

彼女の口調からは「それはラッキー！」的なものは微塵《みじん》も感じられない。

「だって私たちの料理は……審査員の反応からして、どう考えたってそちらには完敗でした。私にもその自覚があります」

そう告白しながら肩の荷が下りていく感覚に包まれた。ああ、ホッとする。心の奥底にいる本心の自分が告げている。「ほらね、辞退で正解なんだよ」と。

「――なのに、動画だけが理由で選ばれても、なんだかなという気持ちで」

「それは失礼ですよ」

「え？　誰にですか」

「応援してくださった方々にも、私たちにも。あなたの独断で譲られたって、嬉しくもなんともありません」

まさかそんな返事が来ると思わなかった。思わず、本音が口に出てしまう。

「だって、投票もそちらがトップのはずだったじゃないですか。人気ユーチューバーが取り上げてくれたから、票が入ったようなもんです。そんなの実力じゃないですし」

「マサルさんですね。私も『マサルのお取り寄せ雑食チャンネル』が好きで、よく拝見しているのですが――」

「あら意外」

「応援投票しよう、という趣旨の発言はしていらっしゃいませんでしたよ。ナカスイの食べ物はおいしそうなものが多いね、甲子園のPR動画も面白いから観てみて、というニュアンスでした。その上で投票したのは視聴者の判断です。実際、私もあなた方の動画はとても良いと思います」

客観的な視点だと、そうなんだろうか。西園寺さんは淡々と続ける。

「今回、落ちたのは私たちだけではありません。みんな、決勝に行きたかったはずです。でも、あなた方が選ばれた。その機会は活かすべきです。そして決勝の料理で私たちに嫉妬《しっと》させてください。また這い上がろうと思えるように」

私はわかりましたとも無理ですとも言わなかった。ただ、電話ありがとうございましたとだけ言って切った。

出る？　決勝に？　もうそんな気持ちになんて――。

襖《ふすま》がノックされた。誰だろう、私の部屋に来るなんて。玄関の戸が開く音は聞こえなかったから、かさねちゃんではない。

「あ、あの……話してもいいかな」

小百合ちゃん！　まさか、彼女から私の部屋に来るなんて。私は大慌てで座卓の周りを片付け、人の目に触れてもOKな状態にした。

「どうぞ、入って！」

ジャージ姿の彼女は座卓の前に座るやいなや、口を開いた。

「決勝、辞退するの？」

そうか、彼女も気になってたはず。

「うん。小百合ちゃんのためにもね。あのアイドルが来るからイヤでしょ」

「人のせいにしないで！」

珍しくキツい口調だ。

「き、聞こえたよ、今の電話……。自分が、もう興味なくなっちゃったんでしょ？」

「だって、私たちが行くべきじゃないよ。小百合ちゃんだって思うでしょ？　聖ローザ女子学院の方がすべてにおいて優《すぐ》れていたって」

「思わないよ」

「え」

意外な、意外な言葉だった。

「鈴木さん、最初は魚にも那珂川にも興味なさそうだったのに、いろいろ体当たりして勉強して調べて、私や大和さんを一生懸命説得して、頑張って料理考えて練習して大会に出たでしょ。プレゼンだって、言葉が出てこなくてハラハラしたけど、まさかウナギの解剖実習――それも『鰓《えら》』の漢字からリカバーするとは思わなかった。ス、スゴイと思ったよ。応募を決めてから今までの鈴木さんの姿、全然ほかの学校に負けてないと思う」

言葉が出ない。小百合ちゃんは、私を認めてくれていたのか。

「ナマズの内臓せんべいの食レポがＳＮＳで話題になって、ユーチューバーの目に留まったのも、神様がチャンスをくれたんだと思う。か、神様が手招きしてるなら、その方向に進んでいった方がいいんだよ」

「神様が手招き？」

「そしたら、きっと何か結果が出るよ。学校に行けなくなって魚の図鑑をもらったとき……私、見えたもの。神様の手招きが」

そう訴える彼女は――天使に見えた。無垢で純粋で。それゆえに傷ついてきて。

だけど、手招きなんて見えたかな私。その前に大問題が一つ。

「小松原茜が来るのは……小百合ちゃん、大丈夫なの？」

「もしも、もしも優勝したら、ナカスイに興味を持って進学してみようと思う子が一人でも出てくるかもしれないでしょ。二人かもしれないし、もっともっといるかも。それで学校が残るなら、あの子がいたとしても私は決勝に出る。だって私、ナカスイ大好きだもん。ずっとずっと残ってほしいから——鈴木さんや大和さんと一緒なら、大事《だいじ》……」

　そこまで言うと、小百合ちゃんの目からポロポロ涙がこぼれだした。

「そ、そうだよ。大事！　私とかさねちゃんがいたら、小松原茜なんて目じゃないよ！」

「あたしがなんだって？」

　不機嫌そうな声と共に襖が開いて、パジャマ姿のかさねちゃんが入ってきた。見事なステップで畳の上の荷物を避《よ》けながら歩いてきて、私の隣に座る。

「ちょっとあんた、辞退なんかしないでよね」

「なんで知ってるの！」

「今日のあんたの態度見りゃわかる。どれだけ一緒に暮らしてると思ってんの」

「いや、まだ半年にもならないでしょ」

「そもそもの目的がまだ達成されていない。あたしはまだ、池袋のアニメショップに行けていないのよ。今度こそ行く、絶対行く！」

　勢いよく立ち上がり、小百合ちゃんを指さした。

「そしてもう一つの目的も意地でも達成する。ぶっちぎりで優勝して、優勝インタビューで、小松原茜の過去の悪行を生配信で全世界にぶちまけてやるわ」

やめてよね！　と言いたいところだけど、私も、そして小百合ちゃんにもわかっているはず。

こういう口調は、彼女なりの照れ隠しなんだと。

「実はさっき、西園寺ナントカからあたしのスマホに電話があってさ。あんたが辞退するとかほざいてるから、急いで説得してくれって」

「なんだ。どうりでタイミングいいと思った」

「辞退なんか許さないよ。せっかくの池袋に行ける機会を」

「出るよ、何言ってんの。優勝狙うもん」

勢いあまってそう答えると、向かいに座る小百合ちゃんが涙を拭《ぬぐ》いながら、かすかに笑みを浮かべた。

「決勝に行くのはいいとしよう。でも、どうしようねぇ」

腰を下ろしたかさねちゃんが腕組みをして、ため息をついて天井を見上げる。

「決勝メニューさ、そのままで行く？　ブラッシュアップする？　それとも――」

「変える」

私は断言した。

「あれじゃ勝てない。動画も作り直すし、プレゼンも全く変える」

「面白いメニューだと思うんだけど」

「あれは、神様が手招きしてない。頑張ってやり直す」

神宮寺先生に今日教えてもらったものの流し聞きしていた、決勝スケジュールを必死に思い出した。確か、十月末日までに動画とプレゼン資料を事務局に提出するんだっけ。先生のチェックが入ることや、その指導を反映する期間を考えると――。

「十月十五日までになんとかしよう」

それにはもう残り一か月を切っている。本当に急いでなんとかしなければならなかった。

翌日は土曜日だったけど、神宮寺先生なら来ているかなと思い、下宿でお昼ご飯を食べてから一人で実習場の水産教員室に行ってみた。

予想通り先生はいて、ファッション雑誌を読んでいるような優雅さで鮎釣り雑誌を読んでいる。先生と呼ぶと顔を上げて、目をぱちくりした。

「あら鈴木さん、どうしたの」

「決勝なんですが、料理は全く違うものにしようと思うんです。昨日の夜、女子三人で考えたんですけど全然思いつかなくて」

「どういう方向性にしたいと思っているの？」

私をパイプ椅子《いす》に座らせると、先生は缶コーヒーをくれた。町内の全国チェーン農機具店に置いてあるプライベートブランド缶だ。一本三十円という驚愕《きょうがく》の値段なんだけど、意外においしい。製造地が新潟県とあるから、水が良いんだろうか。賞味期限が明日までで、「十円に値下げ」のシールが貼ってあった。遠慮せずいただくことにする。

「進藤君の説では、勝利するには料理に『ストーリー』が必要なんじゃないかって。公式サイトで決勝に進んだ料理を全部見ましたけど、確かにそんな気がします。ただキレイだなとか、おいしそうとか、それだけじゃダメなんですよ。少なくとも、『ご当地おいしい!甲子園』では」

「なるほど」

先生が嬉しそうに私を見る。「成長したな、こいつ」と思っているのがわかり、ちょっと照れた。

「鈴木さんは、どんなストーリーにしたいと思うの?」

「そうですねぇ」

先生の背後に大きな窓があり、空が見える。うろこ雲が、秋が来つつあることを伝えていた。もう夏は去っていく、青春した高一の夏が——。

「夏休みにみんなで川に行って……」

待った、この話はヤバい。生徒だけで川遊びをしたことがバレたら叱られる。

「いや、この間のカヌーの練習で沈して、水中に頭が潜《もぐ》っちゃったんですよ。でもその瞬間、目の前を小魚がいっぱい泳いでいって……キレイでした。怖いの前にキレイって感じて。ここの川っていいなと思って。だからやっぱり川魚《かわざかな》料理で、那珂川町の清流は最高! って伝えたいです」

満足そうに頷いて、先生も缶コーヒーを飲み干した。

「鈴木さんの視点はいいと思う。ただ、あまりアレコレ詰め込まない方がいい。軸はせいぜい、二本。縦軸と横軸。でないと、ブレてワケわからなくなるからね」

「はい。でも清流といえば、なんでしょうね」

「今の時期だと……モクズガニって知ってる？」

「サワガニとは違うんですか」

「違う、もっと大きい。中華料理の食材で有名な『上海蟹《シャンハイがに》』の仲間で、那珂川で獲れるの。とても量は少なくて市場には流通しないけど、町内の川魚店に運が良ければあるわよ。私は大家《おおや》の川漁師さんから直接買ってる。味噌汁《みそしる》にするのが好きなの。でも、ネックは『市場価格』ね。高いから」

「じゃあ、ダメですね」

別に先生に忖度《そんたく》したワケではないんだけど、答えは一つだった。

「王道すぎるかもしれませんが、やっぱり鮎がいいと思います」

そのときの先生の笑顔と言ったら、那珂川の向こうに沈んだ夕陽が十個あっても敵《かな》わないような輝きだった。

「嬉しいわね。でも『川がキレイだから鮎料理です』だけだと弱いわよ。もう一本ストーリーの軸がないと」

私の頭の中で、いろいろな要素が高速回転する。しかし、回転するだけで止まらない。

「先生、お待たせ。来ましたぁ」

ドアが開いて安藤部長が顔を出した。振り返った私を見て目を丸くする。

「あれ。鈴木さん、どうしたの。さては決勝の作戦会議だな」

「部長は？　ナマズの内臓せんべいの改良ですか？」

「違うよ」

部長は苦笑いして、先生から缶コーヒーをもらって一口飲んだ。

「私の研究テーマはもう一本あるの。ここの鮎を使ったオイル煮。昨日、水揚げだったでしょ？　研究に使わせてもらおうかなと思って」

「やっぱり鮎の内臓使うんですか」

「オイル煮には使わないけど……。あ、いいかも。ナマズと違ってクセ少ないし。鮎は水草食べてるからね。面白そうだからやってみる。先生、これから食品加工室にしばらく籠《こも》るね！　コンベクションオーブン使いたいの」

バイバイと手を振って、部長は出ていった。

「コンベクションってなんですか？」

先生はデスクの引き出しから、ナカスイオリジナルの缶詰を見せた。副部長のデザインらしい、大きな魚が躍動しているラベルが貼ってある。

「イワナのオイル煮の缶詰製造に使うコンベクションオーブン。大型のオーブンよ」

「ナカスイは、本当にいろいろやってるんですね」

私はそのまま先生と二、三時間話しこんだけど、特に「これ！」というものは出なかった。気がつけば、日差しはすっかり夕方になっている。

なんか良い香りが漂ってきたと思ったら、部長が小皿を四つ載せたお盆を持って部屋に入ってきた。

「鈴木さんも一緒に試食してよ。できたんだ」

白い小皿にはミートソースみたいな料理が入っている。部長は、私と先生の前に二つずつ置いた。

「こんなに身を崩しちゃうんですか」

姿煮《すがたに》を作るのかと思っていたので、正直驚いた。

「うん、パスタソース用だからね。麺に絡むようにフードプロセッサーにかけた。内臓入りは赤黒い方で、内臓なしは白っぽい方。食べ比べてみて」

添えてあったアイス用のプラスチックスプーンで、一口ずつ口に含んでみる。

「内臓なしの方は、あっさりして食べやすいですね。内臓ありの方は苦いです。でも……心地よい苦さ」

「私は内臓ありの方が好きかしらね。クセがあるのが大人味って感じで」

先生は、あっという間に両方の皿を空にした。部長は苦笑いしながら、空いた皿を回収する。

「せっかくだからこの二種類を文化祭で販売しようかな。パッケージのデザインは副部長にお願いするとして――鈴木さん、ネーミング考えてよ。食レポ得意でしょ」

「私がですか！」

なんて重要な任務。

決勝の料理をどうしようという悩みはひとまず置いといて、鮎のオイル煮に素敵な名前をつけてあげなければ。

自分の分はまだ半分以上残っていたので、もう一度食べ比べをする。目を閉じて感じてみた。

内臓なしの方は……澄んだ清らかな味だ。まるで、あの詩の一節を部長が読み上げているような――。

――青春とは人生の深く清らかな泉なのだ――

内臓ありの方はどうだろう。ゆっくりと一口含んでみる。

鮎の風味がまぶしいまでに広がるけれど、どこか切ないほろ苦さを感じる。これは――あのときの夕陽だ。この間、かさねちゃんと一緒に露天風呂から見た。

答えは出た。

「内臓なしは『青春』、内臓ありは『黄昏《たそがれ》』ってどうですか」

「いい！　めっちゃいい」

ウケたらしく、部長は一人でケラケラ笑っている。何かが引っかかって、私はしばし動きを止めた。

「青春、黄昏。青春、黄昏……」

頭の中にイメージが広がった。

私は天国のような白い雲の中にいて、目の前に扉がある。それはゆっくりと開き、先に大きな光のカタマリが手のひらを広げたように、私を招いている。

ああそうか。見えたよ小百合ちゃん。これが『神様の手招き』なんだ。

「先生、決勝のメニューが決まりました」

私は立ち上がり、先生を見つめる。

「ピザ、あえてピザで行きます」

先生は怪訝な顔をしたけれど、私のコンセプトを聞くに従い、笑顔になっていった。

それからの日々は怒濤《どとう》のように過ぎていった。調理と試食に全力を注ぎたかったけど、夏休みを存分に使えた予選のときとは違う。普通に授業があるので、放課後と土日が勝負だった。

ゴールとなる料理は決めたものの、レシピと素材が決まらない。調理訓練は締め切り後にまわし、とにかく試食を繰り返した。

「トマトソースとバジルソース、どっちが鮎のオイル煮に合うかなぁ」

とりあえず食パンに載せて試食するものの、三人それぞれで意見がまとまらない。毎度のことだけど。

「バジルソースってさ、食べたあと歯にくっつくのがイヤなのよねぇ」

手鏡で歯のチェックをするかさねちゃんに、イヤミの一つも言いたくなる。

「味で考えてよ、味で」

小百合ちゃんは一口ずつ食べて、黒目を忙しく動かしながら考え込んでいた。

「い、いっそのことハーフ&ハーフは？」

「なんかそれも、優柔不断だと思われそうで」

「あー！　イライラするわね。あんたが自分できっちり決めなさいよ！」

「はい、決めた。トマトソース！」

そして客観的な意見を求めて、水産研究部の面々にも食べてもらう。

進藤君が、トマトソースの部分を指さしながら言った。

「なんか、トマトソースが弱い気がする。薄いというか、のっぺり」

腕組みをして、かさねちゃんは首をひねる。やがて「あっ」とつぶやいた。

「お母さんの実家ってフルーツトマト農家なんだ。越冬トマトでハウス物だから、もう採れ始めてるよ。最初のころって、カルシウムが足りないと実に黒い斑点《はんてん》が出て売り物にならないんだけど、めっちゃ味が濃いんだ。それ、トマトソースにいいんじゃね？」

翌日、かさねちゃんがもらってきたトマトで試作してみた。確かに、濃い。がっつり主張してくる気がする。

「ちょっと酸味強くないですか？　もうちょっと、まろやかな方がいいですよ。鮎を包み込むようなイメージで。砂糖入れたり、どうです？」

そう言う島崎君に面倒くさそうな視線を投げ、かさねちゃんが深いため息をついたかと思うと、「おっ」とつぶやいた。

「そうだ、熟成したやつを使おう。お母さんがキープしてる」

「熟成？」

トマトを熟成させるってなんだ。私は首を傾《かし》げた。

「収穫したあと、常温で一週間以上置くの。すると酸味が抜けていくんだよ。普通のトマトだと、そこまで置くと柔らかくなりすぎちゃうんだけど、おばあちゃん家のフルーツトマトなら水分絞って作ってるから、固いままなんだ」

かさねちゃんのお母さんは酸味が苦手なので、常にそうやって食べているらしい。翌日、その熟成トマトで作ってみると、驚きのまろやかさだった。

あふれんばかりのピザを口に放り込み、渡辺君は咀嚼《そしやく》しながら文句をたれる。

「酸味少ないから味濃すぎて飽きるぞ、これ。なんか変化ねえのかよ。味の必殺技みてえの」

「ああ、みんなうるさいな。くらえ、必殺スクリューパーンチ！」

かさねちゃんはそう叫びながら、渡辺君に拳《こぶし》を突き出した。

「予算ってものがあるんだよ、予算ってものが」

現実を知らない彼に腹が立ち、私も冷たい口調になる。パック入りオイル煮の想定販売価格は一袋五百円くらいで、部長いわくお得だそうだ。それでも主役となるから多めに使いたいし、他の具材価格は考えて追加していかないと、あっという間に予算オーバーだ。

天を仰いで考えていた進藤君が、何か思いついた目で私を見た。

「鈴木さん。当たるか空振りになるかわからないけど……一つ、チャレンジ食材を使ってみる？」

「もちろん！　私たちは復活枠だもの。チャレンジ上等だよ」

試食要員で参加していた前田先生が、手をパンと打って小百合ちゃんに話しかけた。

「芳村さん、アレいいよ、チャレンジ食材にぴったりじゃない？」

「あ、ああ。アレですか」

「アレ？」

ワケがわからない私をさておき、「アレアレ」言いながら頷きあっている。

「百聞は一見に如《し》かず、芳村さん収穫にいこう。アレ」

「は……はい」

二人は屋内養殖棟に走っていく。

もうオールスターゲーム状態。使えるものはなんでも使うんだ。

調理や試食と同じくらい大変なのは動画の脚本づくりだった。島崎君と私のコンセプトが見事にぶつかりあう。

「だからさ、もう決勝でしょう。応援投票もないし変なドラマ仕立てはいらないよ。正面からドーンとドキュメンタリー調でいきたい」

「何を言うんですか。この料理は『ストーリー』があるんでしょう！　だったら、ドラマ仕立ての方が映《は》えますよ」

平行線で話が全然まとまらない。解決したのは、私が書いた一分プレゼンの台本を読んだ小百合ちゃんの一言だった。

「プ、プレゼンの方はドラマチックに行くんだから……。ＰＲ動画はあっさりとドキュメンタリータッチの方がいいと思う」

はい、わかりました。と、二人そろって頷いた。

渡辺君は応援に行けるように事務局に交渉しろと連日かさねちゃんに訴えている。しかし、彼女は冷たかった。

「あたしたちも来てほしいんだけどねぇ。ああ、残念だわぁ。仕方ないわねぇ、なんせコロナ禍《か》だから。アマビエ様にでも祈願すれば」

そしたら、本当に自分の部屋に「アマビエ神棚」を作って連日祈願したらしい。決勝に関しては、別室での応援になるけれども応援参加は三名までオッケーと事務局から連絡があった。そのときの渡辺君の喜びようは、ナカスイ公式ユーチューブチャンネルにアップしたいくらいだった。

そんなことをしている間に時は過ぎ、十一月二十日――決勝の日を迎えた。

予選のときと同じように朝五時に神宮寺先生が迎えに来たけれど、八月と十一月では日の出時刻も気温も大きな違いがあった。

真っ暗な中、下宿の前で寒さに震えながら足踏みしていると、車のライトが勢いよく近づいてきた。絶対スピードオーバーだ。

半寝ぼけの私たちと正反対に、運転席の先生は元気いっぱいに手を振った。

「おはよう、可愛い若鮎さんたち。忘れ物はないかしら？」

「大事です」

私は台車に置いた荷物を指さした。今日使う食材が入ったクーラーボックスだ。鮎のオイル煮二種、調味料、それにチャレンジ食材が三種類。エプロンや三角巾は紙袋に入れてある。

言ってはなんだけど、先生の運転は荒っぽい。鼻歌を歌いながらハンドルを握る先生は、冷や汗をかいて助手席に座る私をちらりと見た。

「応援の男子三人組はどうするのかしら」

「は、はい。島崎君は現地集合、渡辺君は七時台のバスに乗り宇都宮駅から普通電車で来るそうです。進藤君は自宅でネット中継を見ながらリモート応援するとのことでした」

「えー、進藤来ないの。マジ冷たい」

――池袋なんて行ったら、人混みに酔って恐ろしいことになるので、ごめんね――

彼が半泣きしながら頭を下げたことは、かさねちゃんには黙っていよう。

到着した池袋調理・製菓専門学院で受け付けをすると、前回の予選とは雰囲気が違っていた。審査会場にはモニターが一つしかない。もう各予選会場の中継は必要ないからだ。会場の一区画にはマスコミ対応のプレス席が設けてあって、やはり決勝ともなるとニュースになるんだなと緊張した。

待機するのは前回と同じ第一教室。まだ時間があるので受け付けでもらった資料をめくってみた。パワーポイントの資料を綴《と》じた書類のトップに、決勝に進んだ七地区の学校名が載っている。北海道・東北地区は宮城県の青葉《あおば》学院。関東甲信越地区は、もちろん群馬県立館林総合高校。東海北陸地区は石川県立能登《のと》水産高校。近畿地区は三重県の伊勢《いせ》学院で、中国四国地区は香川県立南《みなみ》商業高校。九州地区は熊本県の竜園寺《りゅうえんじ》学院で、沖縄地区は県立美海《ちゅらうみ》工業高校。そして応援投票枠が、栃木県立那珂川水産高校——私たちだ。

スケジュールは予選と似たような感じで、八時五十分から一斉に事前調理が始まった。三角巾とエプロンを身につけ、クーラーボックスを開けた私は血の気が引いた。あるべきものが——。

「ない」

「なんか忘れたの？」

かさねちゃんの厳しい声が突き刺さる。

「う、うん。鮎のオイル煮を二種類一袋ずつ入れてきたつもりなんだけど、片方だけ二袋入ってる」

「ないのはどっちよ。青春？」

「黄昏」

よりによって……。これがなくては話にならない。

「先生、どうしよう。あれはどこにも売ってないよ」

ああ、私のバカバカバカ。どうしてこんなミスを。一歩先しか見てないからだ。二歩、三歩先……。ちゃんと確認して、最後もう一度チェックしていれば。

先生は私の背中をパンパンと叩いた。

「鈴木さん、まずは落ち着きなさい。黄昏を使うのは本調理のときで、開始は十一時。決勝は八校で私たちはきっと最後だから、本調理まで短く見積もっても一時間はある。ということは、今なら三時間の余裕があるわ」

「だって、今から下宿行って戻ってくるなんて、どうやったって無理だよ」

「まかせて！」

かさねちゃんがスマホを出した。

「もしもし、オヤジ？　下宿の冷蔵庫に鮎のオイル煮があるの。『黄昏』ってラベルが貼ってあるのが二つあるから、それを池袋の会場まで持ってきて。もちろん、今すぐだよ。いや、ちょっと待った。準備だけしてて、またかけるから」

かさねちゃんは、ものすごい勢いでスマホを操作する。

「渡辺、今どこにいんの？　宇都宮を出たところ？　悪いけど宇都宮に戻って、新幹線で来て。あたしたち忘れ物しちゃってさ、オヤジに車で持ってきてもらうの。宇都宮でオヤジから荷物預かって。万が一にも交通渋滞が怖いじゃん、なんせ大都会だし。オヤジの携帯わかるよね？……仕方ないじゃないの、開会式の小松原茜が観られなくたって。新幹線代は出してくれるわよ。神宮寺先生が」

神だ。かさねちゃんが神に見える。再び大和のオジさんに電話をする彼女に、私は深く深くお辞儀をした。

先生は私の肩を抱いて、優しく言う。

「なるようになる。さ、事前調理始めないと、こっちが間に合わなくなるわよ」

「はい」

私は気持ちを切り替えて、調理台に向き直った。


生きた心地がしないまま、十時半になって開会式が始まった。

「みなさん、決勝にようこそ」

前回と同じ、松平さんが姿を見せる。決勝の場にふさわしく真っ赤なスーツだ。

「では、これより第十一回『ご当地おいしい!甲子園』決勝の開会式を始めます!」

会場は前回と同じ講堂でも、効果音も照明も段違いに華やかだ。なにより、プレス席にカメラマンやレポーター、記者の姿がたくさんある。そして決勝の審査員も予選からはガラッと変わっていた。

「決勝の審査をご担当いただくみなさまをご紹介いたします! 品川《しながわ》シティタワーホテル総料理長、清水《しみず》孝義《たかよし》様。ミシュラン一ツ星レストラン加賀美《かがみ》の料理長、鈴野原《すずのはら》隆《たかし》様。パティスリー銀《ぎん》座《ざ》並木《なみき》オーナーパティシエ、並木友里《ゆり》様。日本橋山神《やまがみ》百貨店バイヤー、遠藤《えんどう》梢《こずえ》様。全国農業者連合代表、沢木《さわき》誠《まこと》様」

名前を呼ばれるごとに挨拶する審査員は、私レベルでもテレビやネットで顔を見たことのある人ばかりだ。参加者は有名人を前にして頬が紅潮している。かさねちゃんを除いて。

「やっぱり知らない人ばっかり」

「そして、参加のみなさまと同じ目線で審査をしていただくため、お一人特別審査員としてお願いしました。ブレイク中のアイドルユニット『薔薇少女軍団』のメンバー、小松原茜さんです！」

私の後ろに立つ小百合ちゃんの息を呑む声が聞こえた。とっさに振り返って、その右手をギュっと握る。彼女の左手は、その後ろに立つかさねちゃんが握るのが見えた。

スポットライトを浴び、可愛い制服調の舞台衣装に薔薇の髪飾りをつけた女の子が入ってきた。アイメイクばっちりの大きい瞳《ひとみ》、丸っこい顔にスレンダーな体。会場が、参加者の歓声で満ちる。

「みなさん、こんにちは。『薔薇少女軍団』の小松原茜です」

アイドルオーラをまき散らしながら、みんなに平等に手を振る。小百合ちゃんの手が汗をかき、冷たくなっていくのがよくわかる。

「茜ちゃん、今の心境はどうですか？」

松平さんにマイクを向けられると、ふふふと笑った。

「きっと、ライブが始まる私たちと同じ心境だろうなって思います。なので、みなさんの緊張、よくわかりますよ」

「同じじゃないっつーの。一緒にすんな」

かさねちゃんの声は参加者の歓声にかき消されてしまった。

審査委員長挨拶が終わり、選手宣誓になる。今回は宮城県の二年女子が担当のようだった。

「宣誓！　私たちは――」

ふと西園寺さんの宣誓を思いだした。

彼女、今日は中継を観てくれているだろうか。公式サイトで動画の生配信をしているはずだ。

「心の燃料」になってくれた彼女のためにも、今日はみっともない姿をさらすワケにはいかない。すでにやらかしてしまったのに。私は気合いを入れ直した。

松平さんはマイクを片手に、私たちを見回す。

「本日の調理及び審査は、先ほどのアナウンス順となります」

良かった！　胸をなでおろした。万が一にでも、順番が早まったらどうしようと思っていたのだ。

「それでは青葉学院のみなさん、調理室に入ってください。ほかの学校のみなさんは、スタッフが呼びに行くまで第一教室で待機となります。それでは、ただいまから開始させていただきます！」

出口に向かうとき、私たちはあえて小松原茜の前を通った。彼女もこちらを見たけれど、そして絶対、小百合ちゃんの姿も見えたはずだけど、彼女はアイドル・スマイルを全く崩さなかった。忘れてしまったのか、気づいたけど知らんふりなのか……。私たちの審査のとき、彼女はいったいどんな表情になるんだろう。

しかし今はそんなことを考えている場合ではなかった。

ああ、渡辺君、どうか早く「黄昏」を持ってきて。

二度も失敗するわけにいかない一分プレゼンを練習したくても、渡辺君が間に合うかどうかの不安が先に立ち、それどころではない。

かさねちゃんのスマホから着信音が響いた。

「オヤジだ」

電話に出るやいなや、彼女は叫んだ。

「何やってんだよ、間に合わな……スピード違反で捕まった？　アホー！」

……ダメだ、終わってしまった。

「宇都宮駅に着く寸前？　で、渡辺が駅からオヤジが調書とられてるところまで走ってパックを取りに行ったの。新幹線ならギリセーフかなぁ」

かさねちゃんが腕時計を見ながらため息をついた。

時が経過していく。十分、二十分、三十分……。それにつれ、部屋の様子が変わっていく。審査が終わって帰ってきた子は、泣いたり笑ったり。その数がだんだん増えて、やがて——。

「那珂川水産高校さん、調理室に入ってください」

来た！　私の——私たちの決戦だ。

私たちが本調理時間ですべきことは、生地を伸ばしてスマホサイズの長方形にカットする。オイルとトマトソースを塗りオイル煮を盛りつけて、焼きあがったら二つの「チャレンジ食材」をその上に載せること。三十分あれば十分なんだけど——。

「ス、スタート。残り三十分」

タイムキーパーをする小百合ちゃんの声が震えている。

かさねちゃんと私は、一つにまとまっている生地に手を伸ばした。とにかく、始めるしかない。「黄昏」が来たらすぐ仕上げられる状態にまで整えなければ。

「残り二十五分……だよ」

小百合ちゃんが、不安そうに手持無沙汰《てもちぶさた》の私たちを見比べる。でも、もうすることがない。

「何やってんだよ、渡辺まで」

ついに、かさねちゃんが叫んだ。彼女がこんな切羽詰《せっぱつ》まった声を出すなんて。

渡辺君はまだ来ない――。

最終章　ユース～若鮎のころ～

「の、残り二十分」

小百合ちゃんの声が続いていく。生地の成型は終わった。薄いので焼き時間は十分もあれば大丈夫だけど、状況はさすがに赤信号に変わり始めている。

かさねちゃんがいくらコールしても渡辺君の電話は応答せず、ＬＩＮＥも既読にならない。

「ごめん……」

上に載せる具を待つ生地を眺めながら、私はつぶやいた。

「ここまで、かさねちゃんと小百合ちゃんが全力を尽くしてくれたのに、私が全部パーにしちゃった」

「別に。あたしは帰りにアニメショップに行ければいいだけだし」

かさねちゃんは、本当に演技がヘタだ。棒読みのセリフを聞きながら、私は下を向いて顔を両手で覆った。

「本当にごめ……」

「持って来たわよー！」

神宮寺先生の声だ。

調理室のドアを振り返ると、二人の姿があった。先生と……進藤君！

彼は青ざめて息が荒く、今にも倒れそうだ。先生は彼から紙袋を奪うと、走り寄ったかさねちゃんに渡して叫んだ。

「詳しくは後よ！　まずは仕上げなさい！」

「まかせて！」

「進藤君、大丈夫っすか」

島崎君も来て、先生と一緒に進藤君の肩を支え、三人で出ていった。

「超特急で行くよ！」

かさねちゃんは千手観音《せんじゅかんのん》と化した。目にもとまらぬ動きで「黄昏」をパックから出し、具とオイル部分に分け、生地にオイルとトマトソースを塗り、具を載せてオーブンに放り込む。

「の、残り十分」

みんなで座り込み、ただひたすら祈りながらオーブンの中を見守る。

じゅわじゅわと焼けていく音が聞こえてくる。

オーブンから漂ってくる鮎とオイルとトマトソース、そして生地たちが渾然《こんぜん》一体となって焼きあがっていることを告げる香りが、私たちに安心感をもたらした。

ふと、かさねちゃんがつぶやく。

「三人並んで見ていてどうすんのよ。必殺技がまだ残ってるでしょ」

「そうだ！」

私と小百合ちゃんは慌てて立ち上がり、冷蔵庫に入れておいた「チャレンジ食材」を二つ出した。進藤君提供のものと、小百合ちゃんのと。

そして、私も最後の「必殺技」を出さなくては。

「小百合ちゃん。お皿！」

「わ、わかった！」

適当に食器を選んで、この間のような失敗をするワケにはいかない。今回はきっちり吟味《ぎんみ》して持参したのだ。小百合ちゃんは持ってきた段ボールから、新聞紙に包まれた器を次々に取り出した。出される傍《そば》から、私が洗って拭《ふ》く……。

「那珂川水産高校さん、審査会場に移動してください！」

スタッフさんが入ってきたとき、私たちはピザを皿に盛り終えたところだった。


余裕を持って臨むはずが、今にも倒れそうなヨレヨレの状態で私たち三人は審査会場に入っていった。

「今大会も大詰め。ついに最後の学校が登場します。今回から始まった『応援投票枠』での決勝進出、投票数一位の栃木県立那珂川水産高等学校です。どうぞPR動画を再生してください」

松平さんのアナウンスと共に場内が暗くなり、スクリーンに私と島崎君が練りに練った動画が映し出される。そしてこれは、公式サイトで全世界に生配信されているはずだ。

「海なし県の水産高校　栃木県立那珂川水産高等学校」のタイトルが出る。バックは島崎君推しの「那珂川でいちばんエモい場所」、ナカスイの校舎の屋上だ。

タイトルが消えると、冬の制服姿の女子チーム三人が屋上に現れた。センターに立つ私がアップになる。

「みなさん！　栃木県が海なし県っていうのは、ご存じ……ないかもしれません。そもそも知名度がないので」

「でも！　海はなくても川はありまーす。特にここ、那珂川町を流れる那珂川は、質、量ともに鮎で有名なのです。町の地域通貨が鮎じゃないかと思うほど、とにかく鮎、鮎、鮎です」

下に置いてあった鯉のぼりならぬ「鮎のぼり」を拾いあげ、かさねちゃんはパタパタと振った。渡辺君のバイクから引っこ抜いてきたものだ。

「そ……そして、ここ、県立那珂川水産高校は、日本で唯一の『海なし県にある水産高校』です」

小百合ちゃんが、ナカスイ創立五十周年記念で作製された手ぬぐいを両手に持って、ひらひらと振る。川をイメージした青い布地に那珂川に棲《す》む魚がいろいろ描いてあるもので、校内コンペで優勝した副部長のイラストだった。

画面いっぱいに手ぬぐいが広がった次の瞬間、実習棟に移動した。私たちも、実習服に着替えている。

「実習棟には養殖池がいくつもあり、十種類近く淡水魚がいます。魚を育てる水は、学校の裏山を流れる沢が川に注ぐ、まさにその水を引いています。私たちはこの水で魚を愛情いっぱい育てているのです。もちろん、鮎も！」

私はいちばん大きい養殖池を指さした。実は鮎はすでにいなくなってしまった空の池なのだけど。池のアップになったかと思うと、青空とオーバーラップし、再び屋上へと戻ってきた。私たちもまた、制服姿だ。

「それでは今から、ナカスイの校舎で私たちがいちばんお気に入りの場所を紹介します！　せーの」

ジャンプ！　と私の合図で三人が飛び跳ね、次の瞬間は特別会議室に移った。割と古典的な演出だ。しかし時間は進み、夕方になっている。

「ここは、特別会議室です。実は、ここには秘密の宝物があります。もしかしてナカスイにも知らない生徒がいるかもしれません。それが、これです！」

私の指さす先は、あの額だった。

「これは英語の詩をカリグラフィーで書いたもので、『YOUTH』――『青春』という和訳のタイトルで知られています。私たち水産研究部の顧問である神宮寺先生は、頭の中に鮎を飼っていると噂されるくらい鮎大好き人間なのですが、タイトルを『若鮎のころ』と訳しています。余談は置いときまして、この詩はサムエル・ウルマンというアメリカの実業家であり詩人が、七十八歳の時に書いたものだそうです。その内容は、『青春とは人生のある時期ではなく、キミの心が決めるものだ。若々しい頬、赤い唇、柔軟な肉体のことではない。強い意志、優れた創造力、あふれ出る感情、これが青春だ』――とあるように、『青春とは何か』を語る詩です。正直、最初は『人生の黄昏期に入ってしまったおじいちゃんが、若者を羨《うらや》んでるだけじゃん』と思ってしまいました。でも――」

沈みゆく夕陽が特別会議室を、そして私たちを黄金色に照らしだす。

「黄昏の時期だからこそ見えるもの、感じられるもの、わかるものがあったのかもと気づきました。その気づきを――」

三人は、額の前に立った。

「今、この場所――那珂川町の那珂川水産高校にいて、青春の一瞬を過ごせる。この幸せと喜びと共に料理にしたいと思いました！」

場面は転換して学校の調理室だ。私たちは青と緑のツートンカラーの三角巾とエプロンを身につけている。

調理台には、すでにパックしてある二種類の食材が並べてあった。

「こちらは、われらが水産研究部の安藤部長と、私、鈴木さくらが共同研究して作り出した品です。ナカスイで養殖した鮎を使ったオイル煮で、色の薄い方があっさりとした風味の内臓なしのもの。濃い方が内臓入りで、ほろ苦さが特徴です。ネーミングはそれぞれ、『青春』と『黄昏』。私たちはこれを使ってピザに仕上げました。どうぞ、召し上がってください！」

そう声を合わせて叫ぶと動画は終わった。パラパラと拍手が起きる。

続いて私の一分プレゼンだ。一歩前に出る。大丈夫、今度は忘れていない。

深呼吸してマイクの前に立った。

ああ、眩《まぶ》しい。なんの変哲もない普通の私が今、スポットライトを浴びている。

「私は――」

台本の文字を頭から押しのけるように、心の奥底から言葉が湧《わ》いてきた。すごい勢いだ。抗《あらが》えない。

「普通でしかなかった私は、普通の人生を変えたいと思ってナカスイに入学しました。ですが、もう一つ理由があります。中学時代、とてもつらいことがあって地元の宇都宮を離れたかったのです」

えっ、という小さい声が背後から聞こえてくる。かさねちゃんと小百合ちゃんだ。そう、完全に台本無視だから。だけど、声があふれ出て止まらないのだ。

「でも、そんな甘い考えではダメでした。入学早々、学校を辞めようと思ってそこにいる神宮寺先生に泣きながら相談したら、さりげなく――本当にさりげなく、私を『YOUTH』の詩に導いてくれました。その詩は私を叱《しか》り、励ましてくれたのです。そして、少しでも前に進もうと、この『ご当地おいしい！甲子園』を目指すことにしました。一緒に出てくれた生粋《きっすい》の那珂川っ子の大和かさねさんや、ただひたすら魚を愛する芳村小百合さんも協力してくれて、ナカスイのほかの生徒たち、予選で一緒になった学校、全国のみなさんにも応援されて決勝に挑むことができ、あの泣いていた私は今、ここに胸を張って立っています。みなさん、ありがとうございます。その感謝をこめて考えた料理の名前には、那珂川の代名詞である鮎とあの詩を結びつけました。それは『ユース～若鮎のころ～』です。よろしくお願いします！」

言い終えて深々とお辞儀した。そのまま頭が上げられない。何も聞こえない、静かだ。ああ、なんで私は台本と関係ないことを言って――。そう後悔した次の瞬間。

今まで聞いたことのないような、大きな拍手に包まれた。驚いて顔を上げると、目の前の五人の審査員、小松原茜、そして司会の松平さんが思い切り拍手をしている。後ろからも聞こえるので振り返ると、かさねちゃんと小百合ちゃんも力の限り手を叩いている。見回すと、スタッフの人、プレス席の記者たちも。そして、部屋の隅にいる神宮寺先生は私を見ていない。上を向いて頬を震わせていた。

場内が明るくなる。目元を拭い、松平さんがマイクを持って叫んだ。

「はい！　ありがとうございました。どうぞ審査員のみなさま、審査をお願いいたします」

かさねちゃんと小百合ちゃんが、小走りになって配膳を始めた。

やはり決勝も反応はそれぞれだ。全部食べる人、香りをひたすら嗅ぐ人、一口食べて何か考えこんでいる人。そして小松原茜は――食べない。ただ、ひたすら料理を眺めている。なぜ？　どうして食べないんだ。私たちへの意地悪？

「これはサラダピザですか。特長を教えてもらえます？」

松平さんが私にマイクを向ける。しまった、本当ならこれは一分プレゼンで言うべき内容だ。動揺しまくる私の代わりに、かさねちゃんがマイクの前に移動した。

「台が長方形なのは、ナカスイの校舎をイメージしました。なので、具が載っているのは屋上なのです。生地にはオイル煮に使用したオイルを塗り、その上に那珂川のトマトソースを塗って焼き、東に『青春』、西に『黄昏』の身の部分を載せました。それぞれの味わいの違いを楽しめると思います！　上に散らしてあるチーズは、水産研究部のブレーンである進藤が研究開発した、鮎の乳酸菌を使ったチーズです」

「へぇ！」

審査員が全員、目を丸くした。

「そして、たっぷり載っているオレガノやレモンタイムなどのハーブは、アクアポニクスで育てたものです！」

「アクアポニクス？」

松平さんが首を傾《かし》げると、かさねちゃんの背後にいた小百合ちゃんが一歩前に出た。

「は、はい……。水産養殖と作物の水耕栽培を組み合わせた、循環型農業で……。簡単に言えば、魚が泳いでいる水を循環させてハーブを育てています」

私も全然知らなかったんだけど、小百合ちゃんは前田先生とアクアポニクスの研究をしていたんだそうだ。だからいつも屋内養殖棟にいて、二人で話していたんだ。

私は、彼女の言葉を引き取った。

「その力強い風味は、『青春』を補完し、『黄昏』の個性を引き立ててくれます」

小松原茜は、まだ料理に手を付けない。ただひたすら目の前の皿を見つめている。もしや、小百合ちゃんの復讐《ふくしゅう》のために私たちが異物でも入れたと思っているのだろうか。

「それでは、日本橋山神百貨店バイヤーの遠藤梢様。召し上がったご感想をお願いいたします」

東と西、それぞれ一口ずつ食べて考えこんでいた遠藤さんは、慌ててマイクを受け取り立ち上がった。

「なかなかドラマチックなプレゼンテーションとネーミングですね。不勉強なので、私はその詩は知りませんでしたが――。鮎のオイル煮を使ったピザは、初めていただきました。オリーブオイルを塗る普通のピザと比べると、とても和風に感じます。具としては黄昏はほろにがく、青春は清廉《せいれん》な味。まさに人生を感じますね。ハーブの味も力強いです。アクアポニクスと聞いて正直感心しました。魚料理と親和性があるのかもしれません。ところで、緑色の丸皿を選んだのは、何か意味があるんですか？　素朴で、上品な色あいですね」

選んだのは小百合ちゃんだ。彼女は、おずおずとマイクを受け取った。

「は、はい。学校のある那珂川町は、ゆったりとした低山が連なる八溝山地を望めます。それをイメージ……しました。小砂焼《こいさごやき》で、町の名産品です」

なるほどという表情で頷いて、遠藤さんは皿に残るピザを指さした。

「鮎の乳酸菌を使ったチーズも、また独特の風味ですね。爽やかな清流みたい。バイヤーとしては非常に気になるのですが――このチーズは、どこで購入することができるのでしょうか？」

まさかそう来るとは。私は慌ててマイクを握った。

「あ、あの、それはまだ研究段階で販売には至っていません。なので、原価表でも一般的なチーズの価格になっています。進藤いわく、卒業までには完成させて、『青春』『黄昏』に負けないようなナカスイの代名詞にしたいとのことです」

「そうですか。では、楽しみに待っていますね」

遠藤さんはそう言うと、とても優しい笑みを浮かべた。

「それでは、那珂川水産高校のみなさん。ありがとうございました。お皿を下げてください。審査員のみなさまは特別控室にご移動ください。これより最終審査に入らせていただきます」

……終わった。終わっちゃったんだ。

脱力感に包まれながら審査員の皿を下げていて、気づいた。小松原茜の皿が空になっている。

いつ食べたんだろう。もしやこっそり捨てたとか。

調理室に下げた皿をみんなで洗っていると、かさねちゃんが鋭い声で言った。

「あんたねえ、あれじゃプレゼンじゃなくて自己ＰＲよ」

「はい、わかってます。すみません、ごめんなさい」

「なに、あんた中学時代に何かあったの？」

やっぱり突っ込まれたか。

「うん、まぁ。いろいろ」

「深くは訊かないけどさ。ま、結果オーライ。よくやったんじゃない？」

もしや、かさねちゃんは褒《ほ》めているのか。

「そういえばさ、小松原茜、いつの間に食べたんだろう」

「かさねちゃんも気になってた？　全然手をつけてなかったよね」

二人で顔を見合わせていると、小百合ちゃんがボソッと言った。

「し、審査員が感想を言ってたとき。一口食べてちょっと考えると、あっという間に全部食べちゃった」

「へぇ」

首をひねったが、アイドルの心理なんてわかるはずもない。

勢いよくドアが開いて、スタッフさんが調理室に焦《あせ》ったように走りこんできた。

「みなさん、講堂に移ってください。結果発表です」

もう三十分経っていたのか。慌ててエプロンと三角巾を外し、ほかの学校の子も一緒に結果発表の場へと足早に向かった。


「それでは、結果発表です。まずは、準優勝のチームから。こちらは二校です」

最後の瞬間を待つ講堂は、参加者たちの期待と不安に満ちている。でも、不思議なくらい私はどうでも良かった。言うべきことは言い、するべきことはした。出し切った、やり切った。それだけだ。結果なんてオマケでしかない。

手元の紙を開いて、松平さんは私たちをゆっくり見回した。

ダダダダダ……とドラム音がフェイドアウトし、学校名が響く。

「石川県立能登水産高等学校！」

三年生の男子三人組だ。拍手を受けながらも、「準優勝を目指して努力したんじゃない」「優勝したかった」と悔《くや》し泣きをしていて、その素直さに感動してしまった。

続いて名前を呼ばれたのは、宮城の青葉学院。

こちらは二年の女子三人だったけど、彼女たちも同じように悔しいとつぶやき泣いていた。

次で名前が呼ばれるはずだ。みんなが目指した優勝を勝ち取った学校が。

全員の視線を集める松平さんが、いたずらっ子のような笑みを浮かべた。

「優勝校の発表の前に、最後のサプライズがあります！　特別審査員である小松原茜さんから、特別審査員賞の発表です。こちらは順位とは全く関係のないものであり、優勝校や準優勝校が受賞する場合もあります」

そんなのがあったんだ。彼女は慣れた様子でマイクの前に立つと、見事なアイドル・スマイルを浮かべた。

「小松原茜です。今日はお招きいただき、ありがとうございました。みなさん一生懸命で、どの高校も素晴らしく、全員に賞をあげたい気持ちです。でも、一校のみとのことですので、ご理解ください。――私の家、物心ついたころから両親の仲が悪くて――」

なんだ、いきなり身の上話？　会場がざわついた。

「家にいるのがとてもイヤだった。父が日本人、母がアメリカ人ってことで、自分のアイデンティティにも悩んでいました。いろんな意味で苦しくて、小学生のころは荒れてしまい――。人に当たったり、ひどいこともしてしまいました。中学一年のとき両親が離婚して、母と一年間アメリカのアラバマ州で過ごしました。そこ、母の実家なんです。田舎なので、祖母がやっているガーデニングをいじらせてもらったり。祖母は詩が好きで、庭を眺めながらよく詩をつぶやいていました。その中に、先ほどの『ＹＯＵＴＨ』がありました。ただ、私にはなんだか意味がわからなくて。でも祖母は、人生そのときそのときの輝きがある。アカネにも、自分には気づかないこの瞬間の輝きがあるんだよ。それを無駄にしてはもったいないと言ってくれて——。中二のときに日本に戻り、私、輝きたいとアイドルの道を目指しました。祖母は今年の三月に亡くなりましたが……『黄昏』のほろ苦い味に、あの皺《しわ》だらけの優しい笑顔を思い出しました。今の私がいるのは、祖母のおかげです。それを思い知らせてくれました。ですので、特別審査員賞は那珂川水産高校の『ユース～若鮎のころ～』に差し上げたいと思います」

どよめきと歓声と拍手が会場を満たす。

松平さんに手招きされて、私は前に進んだ。

「おめでとうございます」

薔薇の花束を手に、小松原茜は憎らしいくらい可愛い顔で微笑《ほほえ》む。

どう反応すればいいんだ。小百合ちゃんを見ると穏やかな顔で拍手をしている。じゃあ、もらっていいのかな。

「あ、ありがとうございます」

とりあえず受け取り、あとで渡辺君にあげることにした。カヌーで助けてもらったお礼にしよう。

「それでは、お待たせしました。優勝校の発表です。全国から参加した三百九十八校の頂点に立つのは――」

ダダダダダ……とドラム音が消えていき、結果が出た。

「群馬県立館林総合高等学校、『レペゼン里沼・改』です！」

選ばれた彼女たちは歓声を上げて抱き合い、泣きだした。

受賞できなかった学校の子も、悔し涙を流したり、うなだれたり、頑張って笑顔を作って拍手したり。

今、参加者みんなと私の心が溶け合って、一つの思いになっているみたい。夕陽に包まれた温泉のときのように。

蘇《よみがえ》ってくる、今までのことが。昇降口でポスターを見つけ、かさねちゃんと小百合ちゃんを説得し、泣いて怒って笑って。

ああ――青春した。

賞状とトロフィーを受け取ると、代表の三年生、矢沢留美《やざわるみ》さんがハンカチで目を押さえ、しゃくり上げながら言った。

「私たち、本当に館林の里沼が好きで……決勝では料理を変えるかどうか、悩みました。でも、やっぱりこのネーミングでいきたくて、ブラッシュアップして臨むことにしました。みんなで悩んで考えて――。そして今、優勝という結果をいただけて、すべてが報《むく》われ……」

もうそれ以上言えなくなり、拍手の洪水に包まれながら彼女たちは深々と頭を下げた。

「それでは審査員代表ということで、品川シティタワーホテル総料理長、清水孝義様のご講評をお願いいたします」

　長いコック帽に目が行ってしまう清水さんが、マイクの前に立った。

「まず、どの料理も素晴らしく、その差は僅《わず》かであったことを最初にお伝えします。優勝した館林総合高校の『レペゼン里沼・改』ですね。予選の料理は動画で拝見しまして、あれも良かったですが、さらにチャレンジしたことに拍手ですね。米粉で作った甘くないパンケーキに、群馬名物冷汁をアレンジしたソースをかけて食べるという発想が楽しかったですし、添えてあるナマズナゲットも野菜ピクルスも、大変満足できるものでした。何より、里沼への愛情が感じられて心地よかったです。準優勝の青葉学院は――」

　講評が続いていくけれど、私の頭はボーッとしていて、耳にも心にも入ってこない。今度こそ燃え尽きてしまったんだな、私。

「――最後に、那珂川水産高校ですが」

　ビクッとなった。私たちも講評がもらえるんだ。

「とても心動かされるプレゼンテーションでした。学校に飾ってある詩と料理を結びつけるのも良かった。私なんか、あの詩が突き刺さる世代ですからね。水産高校ゆえのアクアポニクスにも拍手です。鮎のオイル煮は、ピザの具にする際にもう少し手を加えても良かったかなと。審査が議論になったのが鮎の乳酸菌を使ったチーズで……。まだ実売ベースではないとのことですが、実際販売されるとなると、それなりの値段になってしまうのではないか？　と、そこが結果の分かれ目でした。ただ、とても素晴らしく興味ある食材です。これからも、研究開発を続けてほしいですね」

ありがとうございました、と私たちは頭を下げた。

「それではみなさん。集まってください、写真撮影です！」

この日の参加者、審査員、そして小松原茜が『ご当地おいしい！甲子園』のパネルの前に集まり、ポーズをとった。みんな笑顔で――。


すべてが終わり講堂を出ると、応援室のモニターを観ていた男子たちが出迎えてくれた。

「やったなぁ、おい！」

渡辺君が鮎のぼりを片手に、嬉しそうに飛び跳ねている。

「はい、小松原茜の花束」

鮎のぼりを放り投げて受け取ると彼は花束に頬ずりし、薔薇のトゲが刺さったらしく「痛い、嬉しい、痛い、嬉しい」と忙しい。

「喜んでる場合じゃない！　事情を説明して。なんで渡辺じゃなくて進藤が持って来たんだよ」

かさねちゃんが腕組みをして渡辺君をにらみつけた。

「事情って……お前のオヤジがスピード違反で捕まっちまったから、俺がその場所まで走っていったろ。そしたら途中でどこかにスマホ落としちまったの。探さなきゃならねえだろ、なくしたら母ちゃんに怒られるもん。進藤が駅の近くに住んでるからさ、ヤツの家に行って荷物を池袋に持っていくよう頼んだんだよ。でも良かったぁ、スマホ見つかったぜ」

「進藤君、人酔いするから池袋なんて無理なんじゃないの」

慌てて彼を見ると、青ざめた顔で壁にもたれかかり下を向いている。

「冗談抜きでキツイ。何度も倒れそうになった。で、ＬＩＮＥもできなくて。ごめん。池袋駅から肩を貸してくれた島崎君がいなかったら、どうなったことか」

「ご、ごめん。なんて言っていいのやら」

「いや、謝るのはこっちだよ。助けになると思った鮎の乳酸菌チーズが、逆に足を引っ張ってしまった」

「そんなことないって！」

まさかそんな考えでいるとは！　慌ててフォローした。

「審査員の人、言ってたじゃん。もう少しオイル煮に手を加えなきゃダメって。乳酸菌チーズの値段うんぬんじゃないよ」

「君が、鮎の乳酸菌チーズを研究しているのですか？」

振り返ると、高いコック帽が見えた。最後に講評をくれたホテルの総料理長さんだ。

「は、はい……」

彼は必死に笑みを浮かべ、すらりと立った。

「あれには大変興味があります。まだ研究段階とのことですが、もしも完成したらぜひ連絡をいただきたい」

慌てて神宮寺先生が来て、名刺を交換する。

「ま、まぁ、ありがとうございます。いつになるかはわかりませんが……」

「すごいです！」

興奮した様子の島崎君がスマホ画面を私に見せた。

「リアルタイム検索したら、トレンドにナカスイ関係がいっぱい入ってます。『YOUTH』『サムエル・ウルマン』『那珂川水産高校』『海なし県の水産高校』『鮎の乳酸菌チーズ』。さすがネット生中継ですね」

「もしや、トレンド一位は『小松原茜』だったりして」

島崎君は「へへ」と笑った。ビンゴか。

「さすがアイドル、反響が大きいですね。ネットニュースも次々配信されてますよ。ほら、これ。『小松原茜、号泣のサプライズ』とか」

「オーバーだね。泣いてもいないし」

「ネットニュースの見出しなんて、そんなもんです」

かさねちゃんが、不満そうに口を尖《とが》らせた。

「あんた、なんで小松原茜に言ってやんなかったのよ。ウチの小百合をいじめやがってコノヤロウ、謝れ！　って」

目に怒りの炎を燃やして私の胸元に指を突き付ける。慌てて小百合ちゃんが私から彼女を引き離した。

「も、もういい。みんなの前であの告白をしたんだもん、それだけでもういいよ」

「甘い、甘すぎ。芳村さん、あいつは腐っても芸能人だよ。あんな言葉、演技かもしれないじゃん」

「だって……棒読みじゃなかったよ」

「あ」

小百合ちゃんの鋭い指摘に、かさねちゃんは固まった。

「あの子から逃げたから、私は魚に出会えた。そして神様の手招きが見えて、ナカスイに……今、みんなといられる。だから、いい。もう大事だよ」

甘いなぁとつぶやきながら首を横に振るかさねちゃんの肩を、小百合ちゃんはポンポンと優しく叩いた。

「どあっ！」

渡辺君の叫び声に慌てて振り返ると、小松原茜が一直線に――こちらに向かってきた。彼もほかの参加者たちも、硬直して動けない。

小百合ちゃんとかさねちゃん、そして私は並んで立っている。彼女が立ち止まったのは、私の前だった。

「あの場では言えなかったけど。実は、私ね――」

アイドルは少し沈黙したあと、ため息をついた。

「魚って苦手なの」

「あ、だからずっと手付かずだったんですね」

小百合ちゃんの話が出るかと思ったので、気が抜けてしまう。

「でも、おばあちゃんのことを思い出して頑張って食べたわよ。清らかな味で、おばあちゃんが連れて行ってくれた森にあった泉が、記憶から蘇ってきた……どこまでも澄んだ水で……私なんかとは違って『青春』の中にいる、あなたみたいなね」

そう言うと視線を私の右隣に動かした。そこにいるのは――小百合ちゃん。

「It is the freshness of the deep springs of life」

小松原茜の言葉と視線を受けた小百合ちゃんは、下を向いた。でも、すぐに顔を上げて口を開く。

「In the center of your heart and my heart there is a wireless station……」

流暢《りゅうちょう》で、ネイティブみたいな発音だった。周囲から起きるどよめきの中、小百合ちゃんは小鳥がさえずるように続け、やがて止めた。

「……so long are you young」

小松原茜はホンの一瞬だけ笑みを浮かべると、背中を向けた。モーゼの「十戒《じっかい》」のように参加者たちの海が割れた中を去っていく。

神宮寺先生が茫然《ぼうぜん》としている私の後ろに来て、そっと言った。

「どちらも、『青春』の一節よ。茜さんは『青春って、人生の深い澄んだ泉のことよ』、芳村さんが返したのは『あなたにも私にも心の奥底に〝無線局〟があるんだよ。人や神から美しいもの、希望、喜び、勇気、活力のメッセージを受信してさえいれば、あなたは青春のなかにいるんだ』

ってこと」

「英語で言われたって、わかんないじゃないですか」

「あたしなんか、日本語で言われたってわかんないし」

文句を言う私たちを見て、先生はガックリと首を垂れた。

「茜さんは芳村さんに『純粋に生きるあなたは青春そのものだ。羨ましい』。芳村さんは茜さんに『願うなら、間に合うよ。あなたも私も青春を見つけていける』って言ったの」

「あー、まどろっこしい」

「大和さんはストレートすぎます」

「………」

ため息が聞こえた。緊張していた小百合ちゃんが力を抜いたらしい。私は、あることに気づいてしまった。

「そうか。私たち……小松原茜に、してやられたんだ。過去の悪行を私たちが暴露する前に涙ながらに自分から告白して、逆に悲劇のヒロインになっちゃった。あっちの方が一枚上手《うわて》だったんだ。悔しい、小百合ちゃん！」

「い、いいの。もう別の世界に住んでるし。それに、あの子のお皿だけ、実は――」

「えっ。異物混入したの？」

「いちばん辛いっていうハバネロソースを思い切りかけた。渡辺君が、小松原茜は辛いのが苦手だって教えてくれて」

「うっそー！」

「ウソだよ」

小百合ちゃんは、肩をすくめた。もしや、彼女の初ギャグ。私は嬉しくなって、思いっきり抱きしめた。


同じ週の土曜日。

ナカスイの文化祭である「夕陽が丘祭」が催された。見渡す限りの人、人、人で、神宮寺先生いわく「ナカスイ始まって以来の大盛況」とのことだ。

こんなにお客さんが押し掛けた理由は、水産研究部のブースで「ユース〜若鮎のころ〜」の販売を行ったからだろう。地元紙で「ご当地おいしい！甲子園」審査員特別賞受賞の記事がトップを飾ったこともあり、反響は大きかった。ただ、食品衛生法だかなんだかの関係で文化祭の料理では生野菜を出せないらしく、ハーブはドライにしてパラパラとかけただけになった。チーズも、市販品だ。

さらに、小松原茜のファンが文字通り全国から押し寄せたのだ。彼女が推したメニューを食べたいと販売開始と同時に大行列ができ、あっという間に完売御礼となった。

「まだあります！　ナマズの内臓せんべいはまだあります！　お土産にいかがですか！　あのマサルにも紹介してもらった、大人気商品です」

「なんと、『高校生ＳＤＧｓアイデア甲子園』でも優勝した逸品ですよぉ！」

ブースではまだ、部長と副部長が声を嗄《か》らしながら商売に励んでいる。

「自慢の鮎の塩焼きもありますよ〜」

部長の隣で、渡辺君がせっせと鮎を焼いている。その手さばきの見事さは、思わず見とれてしまうくらいだった。

「わあああ。あれ、見てください」

あふれる人混みを見て、島崎君がなにか叫んだ。その指す先は……知らないオジさんだった。

「誰、あれ」

全くわからない私に、彼が呆れたように大声で言う。

「マサルですよ、マサル！　恩人じゃないですか！　わぁ、ユース食べながら生配信してる。僕、サインもらってきます」

百メートル走にでも出るのかというくらいの勢いで走り去る彼を見送っていると、後ろから可愛い声がした。

「こんにちは」

振り返ると、まさかの西園寺綾子さん！

さすが私服もロングワンピース。なんて優雅でエレガント。私やかさねちゃんとは異世界の住人だ。

「わざわざ来てくれたんですか！」

「ふふふ、あのピザ、とても食べてみたいと思って。ナカスイにもぜひ伺いたかったですし。とても素敵な場所にありますね。氏家駅から路線バスに乗っている最中、とてもワクワクしました。あの大きな川が那珂川なのね、って」

「あ、ありがとうございます。残念ながらピザは完売しちゃったのですが、私たちのお昼用にキープしておいたものがあります。水産研究部の部室でゆっくり食べてください。ぜひ養殖池も見てほしいし。あああ、どうしよう私、神宮寺先生に頼まれていることがあって――」

キョロキョロしていると、ちょうどいい人材の後ろ姿があった。

「進藤君！」

神童に令嬢。なんて素晴らしい組合わせ。

しかし振り返った彼の顔は、真っ青だった。

「なに、どうしたのよ」

「なんでナカスイに人がこんなにいるんだよ。気持ち悪い……」

ああ、忘れていた。人混みがダメなのか……。

西園寺さんは、遠くを指さした。

「あれが、PR動画に出ていた八溝山地なんですか？」

私は胸を張った。これ以上自信を持って答えられることがあるだろうか。

「そうです。名前の由来は『これより先は、闇ぞ』なんですよ」

進藤君が、口を押さえながら割って入った。

「いや、調べたら諸説あるんだよ。たくさんの溝《みぞ》――つまりは浸食谷があるから、とか」

「え、そうなんだ！　私の悩みってなんだったの……」

「一人で好きにめぐりますから、大丈夫ですよ」

そう微笑むと、西園寺さんは群衆を見て叫んだ。

「きゃああ！　マサル！」

走り去る彼女を見送りながら、意外にミーハーなんだなと思い直した。

「ちょっと、神宮寺先生があんたを探してるよ、早く！」

かさねちゃんが来て私の手を引っ張り、水産実習棟に向かって走りだす。

「え、校舎じゃないの」

実習棟の裏に私を引きずりこみ、かさねちゃんは言った。

「あたし、ふと思ったのよ。あんたの黒歴史ってこれ？」

スマホの画像を私に見せた。

すさまじいまでの変顔写真。人類がこんなに変顔をできるのかと思われるくらいの。その主は、中学生くらいの女子だ。恥じらいがないのかと言いたくなるこの顔は……。

「私だよー！　なんで持ってるの」

「去年、話題になってるって誰かのＬＩＮＥでまわってきた。なんで撮ったのよ、こんなの」

私の体がぶるぶる震える。

「中三の一学期の前期試験、私の点数は全科目が平均点と同じだったの。杏ちゃんと鈴奈ちゃんが驚いてさ、二人とも同じクラスの友だちだったんだけど。生まれたときから私は平均体重で、今も平均体重と平均身長だって言ったら、本当に普通だねーって大笑いするから頭に来て、思いっきり普通じゃない変顔写真をグループＬＩＮＥで送ったんだよ」

「それが流出したんだ」

「そう！　クラスだけじゃなくて、校外の友だちにも流出させたの！　あんまりだよ。だからもう私、宇都宮には恥ずかしくていられないと思って——なのに、那珂川まで広まってたなんて、世界中に広まったようなものじゃん！」

「中学時代にあったつらいことって、まさかそれ？」

信じられない、何それといった顔で私を見る。

「そうだよ。ひどいでしょ？」

「うん、まぁ。でも芳村さんや小松原茜に比べたら、なんというか自業自得で同情できないというか。でも大丈夫。もうそんな画像なんてみんな忘れてるよ。そういう盛り上がりって一瞬で終わるから」

「私は終わってないの！　ってことは渡辺君や進藤君や島崎君も知ってるんだ。もうダメ。生きていけない。なんのために宇都宮を離れたんだ」

「画像は出回ったけど、名前はセットじゃないじゃん。それに、この変顔《へんがお》からあんたの顔を復元できるなんて、あたしくらいのもんよ」

妙に自信のある顔で、かさねちゃんは胸を張った。

あれが私だとはわからない。今の私とは結びつかない（かさねちゃん以外）。もう気にしなくていいんだ――なにか、憑《つ》き物が落ちたような。

スマホの着信音が鳴った。発信元は……。

「神宮寺先生だ！　かさねちゃん、手伝ってよ。先生がお客さんたちの熱い希望で、特別会議室と屋上のツアーをやるからサポートしてって」

「うえ〜、面倒くさい」

「小百合ちゃんにも手伝ってもらおう！」

かさねちゃんの手を引っ張り、屋内養殖棟にいるであろう小百合ちゃんを探しに走りだした――。


午後三時で文化祭は終わり、お客さんもいなくなった。水産研究部のブースは早々に完売していたので、片付けも早めに済んだ。

今、校舎は夕陽の輝きに満たされている。

静けさを求めて、私とかさねちゃん、そして小百合ちゃんは屋上にブルーシートを敷き、そこで大の字になっていた。

「疲れたー。月曜日が代休で良かった。明日も明後日もアニメ観まくるんだ」

毎度、かさねちゃんらしい言葉だ。

「結局、アニメショップに行けなかったな。でもまあ、あたしにとってもいい思い出になったわ。この三人で何かやるって、たぶんこれが最初で最後でしょ。来年はみんな別のコースに進むだろうし」

彼女にしては珍しく、真面目でしんみりした口調だ。

確かに、ナカスイは二年から「食品加工」「養殖技術」「河川環境」の三つのコースに分かれ、クラスもそれぞれ別だ。

妙に寂しくなって、私は反論した。

「みんな同じかもしれないじゃん」

「ならない、ならない。将来の夢が全然違うっしょ」

「夢って……かさねちゃん、何になるの」

「絶対に東京に行く。でも勉強はしたくないから就職だね。あたし調べたの。都立の魚養殖センターがあるんだってさ。そこに就職するんだ。そのためには、『養殖技術』に進んで、フォークリフト運転技能講習、栽培漁業技術検定、水産海洋技術検定、小型船舶《せんぱく》操縦士、潜水技術検定、ボイラー技士、危険物取扱者、毒物劇物取扱者の資格を取りまくらなきゃ」

「結局、勉強するんじゃない」

「あ、そうか」

三人で大笑いした。

「芳村さんは？」

「わ、私？『河川環境』に進んで、アクアポニクスや魚たちの環境を考える勉強がしたい。そして水産大学に進んで大学院にも行って、またナカスイに帰ってきたい」

「え？　小百合ちゃん、水産の先生になるの？」

「神宮寺先生の跡継ぎの誕生を、あたしたちは目《ま》の当たりにしている！」

「違うよ」

小百合ちゃんは寝っ転がったまま、夢見るように瞳《ひとみ》を輝かせた。

「前田先生みたいな実習教員になりたい。ナカスイが大好きだから、ずっとずっと――おばあちゃんになってもここにいて、魚たちと一緒に暮らしていきたい」

「そっかぁ。叶《かな》うといいね」

心の底から、そう思う。そしてもう一つのことも。

「ナカスイがそれまで残るといいなぁ。ね、かさねちゃん」

「残るに決まってんじゃないの！　こんなに注目され始めたんだし。こうなったら、進藤にも協力してもらおう。人混みがダメなんだから水産官僚は断念させて、知事になってもらうんだ。そして、独裁政治でナカスイを残すのよ。ついでにアニメ学科も作らせる」

「めっちゃいい！」

私と小百合ちゃんは拍手した。

「あんたは？」

「あんたじゃなくて、鈴木さくらだってば」

いい加減頭に来て体を起こし、かさねちゃんの肩を叩いた。

「やっぱり、普通じゃないことをしたい。私、水産庁のことを調べて知ったんだ」

目の前の夕陽がまぶしい。目を閉じても輝きは瞼《まぶた》を通過してくる。あまりにもまぶしくて、両手を目の上に置いた。決して、涙が出てきたからじゃない。

「水産庁船舶職員のカテゴリーで『司厨部員《しちゅう》』ってあるの。航海の最中、乗組員にご飯を作るんだって。それになりたい。『船舶料理士』って資格があると有利らしいんだよね。だから、『食品加工』コースに進んで腕を磨くかな。料理って楽しいもんね」

「結局、みんなバラバラじゃん」

ケラケラ笑っているけど、かさねちゃんの声もどこか切なそうだった。

「寂しいねぇ、かさねちゃん」

「全然。どうせ下宿で一緒だし。いい？　魚たちは川の流れの中を、時に群れ、時に独りで過ごすことで、強くたくましく生きていけるの」

「へぇ。なんのアニメのセリフ？」

「あたしオリジナルよ！」

「ちょっと若鮎さんたち、いつまでいるの。屋上のカギ閉めるわよ！」

神宮寺先生だ。長い髪を風になびかせ、開けたドアから顔を出している。

私たちは慌てて立ち上がり、顔を見合わせて舌を出した。

「はい、先生、すみませーん！」

立ち上がると、あたり一面が黄昏の輝きに染め上げられていた。

那珂川の向こうに沈む夕陽が、私の影法師を長く長く伸ばしていく。その先は、八溝山地だ。

――これより先は、闇ぞ――

ううん、違う。沈んだ太陽はまた、あの山々から昇ってくるのだから。

私たちの進む先は、光に満ちている。

YOUTH

Samuel Ullman

Youth is not a time of life; it is a state of mind;
it is not a matter of rosy cheeks, red lips and supple knees;
it is a matter of the will, a quality of the imagination, a vigor of the emotions;
it is the freshness of the deep springs of life.

Youth means a temperamental predominance of courage over timidity of the appetite,
for adventure over the love of ease.
This often exists in a man of sixty more than a boy of twenty.
Nobody grows old merely by a number of years.
We grow old by deserting our ideals.

Years may wrinkle the skin, but to give up enthusiasm wrinkles the soul.
Worry, fear, self-distrust bows the heart and turns the spirit back to dust.

Whether sixty or sixteen, there is in every human being's heart
the lure of wonder, the unfailing child-like appetite of what's next,
and the joy of the game of living.
In the center of your heart and my heart there is a wireless station;
so long as it receives messages of beauty, hope, cheer, courage and power
from men and from the Infinite, so long are you young.

When the aerials are down, and your spirit is covered with snows of cynicism
and the ice of pessimism, then you are grown old, even at twenty,
but as long as your aerials are up, to catch the waves of optimism,
there is hope you may die young at eighty.

青春

サムエル・ウルマン
馬頭高等学校長 小池学 訳

青春とは人生のある時期ではなく、キミの心が決めるものだ
若々しい頬、赤い唇、柔軟な肉体のことではない
強い意志、優れた創造力、あふれ出る感情、これが青春だ
青春とは人生の深く清らかな泉なのだ

青春とは臆病な気持ちを振り払おうとする勇気、
たやすいことに逃げず困難を乗り越えてゆく冒険だ
時として20歳の若者より60歳の人に青春があるものだ
歳月を重ねただけで老いる人はいない
理想を見失うことで人は老いるのだ

長い年月は肌にしわを刻むが、情熱を失えば魂がしぼむ
不安、恐怖、自己不信は心を打ち砕き、精神はつまらないちりとなる

60歳であろうと16歳であろうと、誰でも心のなかに未知への憧れ、
尽きることのない子供のような好奇心、生きることへの喜びがある
キミにも私にも心の奥底に「無線局」があって、
人や神から美しいもの、希望、喜び、勇気、活力のメッセージを受信してさえいれば、
キミは青春のなかにいる

「無線局」のアンテナが下されると、精神は冷笑と悲観という名の氷雪に覆われ、
20歳にして人は老いるのだ
アンテナを高く掲げ、明るい未来のメッセージを受信している限り、
キミは80歳でも青春を謳歌しているだろう

謝辞

本書の執筆にあたりましては、次の方々に多大なるご協力をいただきました。
ここに厚くお礼を申し上げます。

・栃木県立馬頭高等学校　様（栃木県那須郡那珂川町／水産監修）
・同校平成二十九年度卒業生　生井美沙季　様
・レストラン道　菊池和之　様（栃木県那須郡那珂川町／調理シーン監修）
・「ご当地！絶品うまいもん甲子園」主催　一般社団法人全国食の甲子園協会　様

本書は実在の高校や大会をモデルにしておりますが、内容はまったくのフィクションです。

また、文責はすべて筆者にあります。

参考資料

『漢字の成立ち辞典』　加納喜光著　東京堂出版　二〇〇九年
「黒羽町誌」　黒羽町誌編さん委員会編　一九八二年
『サムエル・ウルマンの生涯とその遺産』　M・E・アームブレスター著　作山宗久訳　産能大学出版部　一九九三年

また、次の内容については、各年度の「栃木県立馬頭高等学校 生徒研究集録」を参考にさせていただきました（学年については同生徒研究集録発行当時）。

・**ザリガニグラタンコロッケバーガー**
水産科二年（平成二十五年度）藤原陸さん、齋藤拓未さん、安田純也さん、小森陽介さん
笹崎皓太さん、檜山直樹さん
・**鮎のオイル煮（青春・黄昏のネーミングを含む）**
水産科二年（平成二十七年度）佐藤さくらさん、藤田勇満さん
・**鮎の乳酸菌チーズ**
水産科三年（平成二十九年度）中荒井李華さん
・**ナマズの内臓せんべい**
水産科二年（平成三十年度）佐藤拓馬さん、本田泉弥さん

この物語はフィクションであり、登場する人物、および団体名は、実在するものといっさい関係ありません。なお、本書は書下ろし作品です。

――編集部

あなたにお願い

この本をお読みになって、どんな感想をお持ちでしょうか。次ページの「100字書評」を編集部までいただけたらありがたく存じます。個人名を識別できない形で処理したうえで、今後の企画の参考にさせていただくほか、作者に提供することがあります。

あなたの「100字書評」は新聞・雑誌などを通じて紹介させていただくことがあります。採用の場合は、特製図書カードを差し上げます。

次ページの原稿用紙（コピーしたものでもかまいません）に書評をお書きのうえ、このページを切り取り、左記へお送りください。祥伝社ホームページからも、書き込めます。

〒一〇一―八七〇一　東京都千代田区神田神保町三―三
祥伝社　文芸出版部　文芸編集　編集長　金野裕子
電話〇三（三二六五）二〇八〇　www.shodensha.co.jp/bookreview

◎本書の購買動機（新聞、雑誌名を記入するか、○をつけてください）

_____新聞・誌の広告を見て	_____新聞・誌の書評を見て	好きな作家だから	カバーに惹かれて	タイトルに惹かれて	知人のすすめで

◎最近、印象に残った作品や作家をお書きください

◎その他この本についてご意見がありましたらお書きください

切りとり線

100字書評

ナカスイ！　海なし県の水産高校

住所

なまえ

年齢

職業

村崎なぎこ（むらさきなぎこ）
1971年、栃木県生まれ。2004年の開設以来毎日更新を続ける食べ歩きブログ「47都道府県 1000円グルメの旅」が、22年「ライブドアブログ OF THE YEAR ベストグルメブロガー賞」を受賞。ライター活動の傍ら、19年に結婚したトマト農家の夫を手伝う。30年以上の公募歴を経て、21年、『百年厨房』で第三回日本おいしい小説大賞を受賞し、翌年デビュー。ローカルな食文化や食材をこよなく愛す。

ナカスイ！　海《うみ》なし県《けん》の水産高校《すいさんこうこう》

令和５年３月20日　　初版第１刷発行
令和６年３月10日　　　　第３刷発行

著者——村崎《むらさき》なぎこ

発行者——辻 浩明

発行所——祥伝社《しょうでんしゃ》
〒101-8701 東京都千代田区神田神保町3-3
電話 03-3265-2081（販売） 03-3265-2080（編集）
03-3265-3622（業務）

印刷——堀内印刷

製本——ナショナル製本

ISBN978-4-396-63639-5　C0093
祥伝社のホームページ www.shodensha.co.jp

祥伝社

四六判文芸書

風を彩る怪物

命を懸けて紡ぐ音楽は、聴くものを変える――
「この楽器が生まれたことに感謝しています」

逸木 裕

二人の十九歳が〈パイプオルガン〉制作で様々な人と出会い、
自ら進む道を見つけていく音楽小説。

祥伝社

四六判文芸書

京都文学賞中高生部門受賞作

ちとせ

京の街は、夢の見方を教えてくれる――
鴨川で三味線を奏でる少女ちとせ。
失明する運命を背負い見出した光とは……。

高野知宙